Claudia Zaltenbach

Trüffeltang, Ananas-Ameisen und die Fässer des Herrn Takahashi

KULINARISCHE REISEGESCHICHTEN VOM POLARKREIS BIS HONOLULU

HÄDECKE

Inhalt

Für Mama und Thomas

Vorgeschmack

Manche Menschen können sich haufenweise Telefonnummern merken, erinnern sich auch noch nach Jahren an einen Namen, ein Gedicht oder wie man mit dem Dreisatz rechnet. Andere sind spitze darin, wenn es darum geht, bestimmte Ereignisse in der Geschichte zu memorieren. Was ich nie vergesse ist, was ich wann und wo gegessen habe. Das reicht bis weit in meine Kindheit zurück – den Geschmack des Frankfurter Kranzes meiner Oma habe ich noch immer auf der Zunge. Wenn sich etwas tief und fest in meiner Erinnerung verankert, so hat das immer mit Essen oder Trinken zu tun. Ich muss keine Weinflasche fotografieren, denn ihr Bild ist auf meiner inneren kulinarischen Festplatte abgespeichert. Daran hat sich bis heute nichts geändert. Hinter allem, was ich im Laufe der Jahre kennenlernte, lauerte immer schon der nächste und übernächste Geschmack, den es zu entdecken galt. Meine Reisen führten mich bis heute durch fast fünfzig Länder. Wohin ich auch gereist bin, ich wollte immer ein Land oder eine Stadt mit meinem Gaumen entdecken. Auf diese Weise habe ich beeindruckende Produzenten, Köche und Food-Begeisterte kennengelernt. Ihnen allen verdanke ich diese Erlebnisse.

Jamaika

DU KÖNNTEST DRAN STERBEN, ABER ACKEE SCHMECKT VERDAMMT GUT

Ich öffnete das Fenster des Minibusses und streckte den Kopf hinaus in die Nacht, um einen ersten Eindruck von Jamaika zu bekommen. Eine Mischung aus Teer und Bananen lag über der Straße und es dauerte nicht lange, da strömte mir der Geruch von gegrilltem Fleisch und Gewürzen entgegen, dazu der Duft von brennendem Pimentholz, das hier für das *Jerk* verwendet wird. *Jerk* ist mehr als nur Barbecue, es ist eine Gewürzmischung ebenso wie eine Zubereitungsart. Über aufgesägten Ölfässern vor kleinen Hütten, die erst nach Einbruch der Nacht zum Leben erwachen, wird überall entlang der Hauptstraßen gegrillt. Der Geruch fing mich sofort in der ersten Stunde nach meiner Ankunft ein und hielt mich gefangen. Er flüsterte mir eine Begrüßung zu, zumindest denke ich das, denn ich glaubte, die Gewürze und das Aroma des Holzes direkt auf der Zunge zu haben. Obwohl sich mein ganzer Körper nach dem langen Flug nach Schlaf sehnte, konnte ich nicht aufhören, die Düfte der Nacht in mich aufzusaugen. Ich hätte den Fahrer, der mich nach Negril brachte, gerne gebeten anzuhalten, doch war ich nicht die Einzige im Wagen und meine Mitfahrer schienen offensichtlich mehr an einem weichen Bett interessiert zu sein als an einem gegrillten Hähnchen. Und so nahm ich diesen ersten Eindruck mit, nippte nach der Ankunft im Hotel noch ein wenig an einem *Planters Punch,* setzte mich auf den Balkon meines Zimmers und lauschte in den tropischen Garten der Nacht hinein. So lange, bis ich endlich das Gefühl hatte, schlafen zu können. Noch vor dem Frühstück am nächsten Morgen lief ich zum menschenleeren Strand. Rosa-orange-farbene Cirrus-Wolken waren über dem Himmel verteilt, das Meer wirkte wie eine riesige Badewanne. Azurblaues Wasser ohne jegliche Regung. Ein Meer ohne Wellen, ohne wenigstens ein bisschen Brandung, mutet seltsam an. Die Boote im Wasser bewegten sich kaum. Zu dieser Stunde befand sich der Strand noch in Warteposition. Bald würden die ersten Pauschaltouristen die Liegen besetzen, die womöglich damit zufrieden waren. Meine Pläne lagen anders. Ich wollte tief eintauchen in den Geschmack dieser Insel und mehr über *Scotch Bonnet Chilis, Jerk,* Frittiertes, Kokosnüsse, Rum und *Curry Goat* erfahren.

Die erste Lektion in puncto Früchte bekam ich kurz darauf zum Frühstück: Mangos, perfekt gereift, cremig und nicht einmal im Ansatz fasrig, genau richtig ausbalanciert zwischen fruchtiger Säure und gehaltvoller Süße. Ich konnte von ihnen nicht genug bekommen. Der Rest erschien mir eher belanglos. *Continental Breakfast* für Touristen, einzig das Nationalgericht *Ackee* mit *Saltfish* weckte meine Neugier, doch es schmeckte einfach nur salzig und pappig. Das war ein wenig ernüchternd und doch sollte ich es zwei Tage später – mittlerweile war ich in ein kleines Hotel am Treasure Beach umgezogen – noch einmal probieren. Dort bereitete man es frisch zu, und das war etwas völlig anderes. Der Geschmack der Ackeefrucht erinnert an Avocados, genauer gesagt an Butter mit Avocado. Das Fruchtfleisch sieht aus wie die Kreuzung aus einer dicken Bohne und einer Lammniere, was zugegeben eine etwas eigenartige Beschreibung ist. Dieses Fruchtfleisch ist gelb und das verstärkt noch einmal die Assoziation mit purem Fett. *Ackee* schmeckt wie der wahr gewordene Traum einer herzhaften Buttercreme. Zusammen mit dem Klippfisch und jeder Menge fruchtiger Chilis, Zwiebeln und frischem Thymian ist das eine herrliche Zusammenstellung. Da mir diese Frucht zuvor noch nie begegnet war, wollte ich mehr über sie erfahren. Ursprünglich stammt sie aus Westafrika und ihren Weg nach Jamaika fand sie nur aus einem einzigen Grund: Nicht weil sie besonders gut schmeckt, sondern weil sie so viel Energie liefert (zwar besitzen Ackee nur unwesentlich mehr Kalorien als eine Avocado, dafür aber ein Drittel mehr Proteine), diente sie zur günstigen Versorgung der Sklaven. Im Ganzen sind die Früchte jedoch hochgiftig. Die darin enthaltene Aminosäure Hypoglycin führt nach dem Verzehr im Idealfall nur zu heftigem Erbrechen, man kann aber auch daran sterben. Überall auf der Insel stehen Ackeebäume. Ihre rötlichen, etwa limettengroßen Früchte sehen hübsch aus, doch ich lernte, dass man sie nur in reifem Zustand essen darf, wenn die Kapselfrucht geöffnet ist. Und nur der Samenmantel um die glänzend schwarzen Kerne ist genießbar.

Ich fragte den Koch des kleinen Hotels, ob er mir beibringen könne, wie man *Ackee* mit *Saltfish* zubereitet. Er war einverstanden und so stand ich am nächsten Morgen bei über 30 °C, wohlgemerkt Außentemperatur, in der noch viel heißeren Küche und schaute ihm zu, wie er die weiche Samenhülle aus den Früchten schälte. Kein Einwohner Jamaikas würde jemals fertig ausgelöstes Fruchtfleisch kaufen, erklärte er. Nur wer sich davon überzeugt hat, dass die Frucht geöffnet war und das Fruchtfleisch sich selbst von der giftigen Außenmembran gelöst hat, wird sie auch essen, lernte ich. Fasziniert wog ich die Frucht in meiner Hand. Das hatte etwas von der Zubereitung eines Kugelfisches: In Japan, wo *Fugu* eine Spezialität ist und sich Köche für die Zubereitung dieser hochgiftigen Fische extra ausbilden lassen, sterben pro Jahr nach dem Genuss von Fugu 30 bis 70 Menschen an einer Vergiftung. In Jamaika sterben ungefähr jedes Jahr zwei bis drei Menschen an der Ackeefrucht, was immer noch ziemlich gruselig ist. »Was muss ich beachten, damit ich uns nicht vergifte?«, fragte ich Küchenchef Randy. »Sei vorsichtig, lass nichts von der Membran dran und wasch' dir hinterher die Hände«, meinte er lachend. Klingt einfach, dachte ich. Also begann ich vorsichtig, jeweils das Fruchtfleisch um einen Kern abzulösen. Genauer gesagt war ich übervorsichtig und schnitt lieber ein bisschen mehr weg, als vermutlich nötig gewesen wäre, aber ich verspürte wenig Lust, den Rest eines tropischen Tages mit Übelkeit zu verbringen. Außerdem war da ja noch Randy, der genau überwachte, was ich tat. Im nächsten Schritt musste der ausgelöste fleischige Samenmantel etwa zwei Minuten in Salzwasser blanchiert werden. Nach dem Abgießen war ich bereit für die eigentliche Zubereitung des Gerichts. Ich sollte *Scotch Bonnet Chilis* fein hacken, Thymianblättchen zupfen, eine Schalotte in feine Scheiben schneiden, Knoblauch hacken und eine grüne Paprika in feine Streifen schneiden. Nachdem es in der Küche immer heißer wurde, lief mir der Schweiß in Strömen herunter, und ich verfluchte ein wenig meinen privaten Kochkurs. Selbst an meinen Unterarmen rann mir der Schweiß bis in die Hände und machte meine Finger klebrig. Ich zuckte kurz, als ich mir über die Stirn wischen wollte. Hatte ich mir nach dem Schälen der *Ackees* auch wirklich die Hände gewaschen? Doch bevor ich weiter darüber nachdenken konnte, goss Randy etwas Öl in die Pfanne und schüttete meine geschnittenen Zutaten mit den *Ackees* und etwas zerkleinertem Klippfisch hinein. Ich fragte ihn, warum man ausgerechnet Klippfisch dafür verwende, der ja gar nicht in diesen karibischen Gewässern beheimatet sei, und nicht einfach eine Fischart aus dem Meer um Jamaika. Diese seien für ein Haltbarmachen nicht gut geeignet, antwortete er. Der Kabeljau aus dem nördlichen Atlantik habe hierfür die beste Voraussetzung und sei im Austausch mit Rum und Zucker eine beliebte Handelsware der britischen Kolonien im kanadischen Nova Scotia gewesen. Beides, die Ackeefrucht, die sich auf Jamaika prächtig vermehrte, und der getrocknete Fisch sind Lebensmittel, die seit jeher sehr günstig und nahrhaft waren. Und es sei auch heute noch so, dass die Kochtradition der Gegenwart die Geschichte der Insel widerspiegle. Deshalb sei auch Ochsenschwanz so populär, denn nur die minderwertigen Teile von Tieren waren für Sklaven zugänglich. Auch lange nach dem Ende der Sklaverei sind es diese Gerichte, die bis heute fest mit Jamaika verbunden sind. Diesen kurzen Einblick in die kulinarische Geschichte des Landes bekam ich, während wir beide vor dem Herd standen und die Zutaten anbrieten. Das Ganze dauerte nur wenige Minuten. Zum Schluss kamen noch ein wenig Thymian, frisch gemahlener schwarzer Pfeffer und feingeschnittene Frühlingszwiebel darüber. Ich bedankte mich bei Randy, der mir so viel über dieses Gericht erzählt und beigebracht hatte, wie man es kocht, und ging mit dem Teller in der Hand nach draußen. Nach der unfassbar heißen Küche wirkten selbst die 30 °C Außentemperatur beinahe erfrischend. Ich setzte mich an einen kleinen Tisch und probierte mein erstes selbstgekochtes *Ackee with Saltfish.* Genussvoll zerdrückte ich die buttrige Frucht an meinem Gaumen, ich spürte das Prickeln der Chili auf meiner Zunge und in Kombination mit dem salzigen Fisch und dem Thymian schmeckte es einfach großartig. Auf jeden Fall würde ich noch an meinem letzten Tag auf der Insel auf den Markt in Montego Bay fahren und *Ackee* kaufen. Ich wollte etwas, was zuhause absolut nicht zu bekommen ist, auch in meiner eigenen Küche zubereiten. Wüssten mehr Menschen, wie gut *Ackee* schmeckt und wie proteinreich sie ist, könnte sie zum nächsten Superfood werden. Wäre da nicht diese Sache mit dem Gift.

Brasilien, São Paulo

IN DER KÜCHE MIT ALEX ATALA

Während der Fußballweltmeisterschaft 2014 flog ich nach Brasilien. Auf der Südhalbkugel brach der Winter an, wovon aber in São Paulo nichts zu spüren sein sollte. Zum Sonnenaufgang drehte das Flugzeug eine letzte Schleife über der riesigen Stadt. Mein Besuch dort hatte rein gar nichts mit Fußball oder gar Kulinarik zu tun. Ich war beruflich dort und sollte mich um technische Dinge kümmern. Dass für das Kulinarische ausreichend Zeit bliebe, dafür würde ich schon sorgen. Ein Freund hatte mir den Rat gegeben, bei einem Nachtflug auf sämtliches Essen an Bord zu verzichten, nur Wasser zu trinken, das halte fit und ich könne sofort nach der Landung in den Tag starten. Und so stand ich mit einem flauen Hungergefühl im Magen am Flughafen darauf wartend, dass mein Gepäck endlich auf dem Förderband erschien. Ich hatte Glück, mein Kunde hatte einen Fahrer für mich bestellt, der mich zu meinem Hotel bringen sollte. Noch bevor wir das Zentrum erreichten, steckten wir im morgendlichen Berufsverkehr fest. Zeit, in der ich in aller Ruhe die Menschen beobachten konnte. Die Autos waren mit Nationalflaggen dekoriert, schließlich war ich in Brasilien und man nimmt das mit dem Fußball hier äußerst ernst. Während meines Aufenthalts in São Paulo wohnte ich in Jardins, einem ruhigen, eher gediegenen Stadtteil, unweit der noblen Einkaufsstraße Oscar Freire, inmitten von vielen Straßencafés, Sushibars und Restaurants. Betrachtet man nur diesen Ausschnitt, könnte man glauben, es wäre eine prachtvolle Stadt mit breiten Boulevards und hübschen Ecken. Doch öffnet man die Blende und vergrößert den Ausschnitt, so fallen einem nicht nur die teils tiefen Furchen und Löcher in den Gehwegen auf. Es finden sich in São Paulo Straßen, in denen es nur Küchengeräte oder Musikinstrumente zu kaufen gibt. Und von diesem Teil São Paulos bis zu den Fußballstadien – die ich nicht besuchen wollte – ist es ein langer Weg.

Bereits vor meiner Reise hatte ich mir einen Plan zurechtgelegt, welche Restaurants ich besuchen wollte. An oberster Stelle stand das D.O.M., das Restaurant von Alex Atala, jenem Koch, der weit die über Grenzen Brasiliens bekannt wurde, als er Ameisen aus dem Amazonasgebiet auf seine Speisekarte setzte. Doch es waren natürlich nicht nur die Ameisen allein, es waren die regionalen Zutaten, die meisten für Europäer gänzlich unbekannt, die hier franko-asiatisch kombiniert wurden. Die Kritiker überschlugen sich mit Lob und zudem schien Alex Atala ein interessanter Mensch zu sein. Atala stammt aus einfachen Verhältnissen und war ein Getriebener, bis ihn die Liebe zum Kochen erdete und er darin seine Bestimmung entdeckte. Heute setzt er sich besonders für die indigene Bevölkerung Brasiliens ein.

Bereits zwei Monate im Voraus hatte ich also einen Tisch reserviert. Zehn Tage sollte ich in der Stadt sein, was mir genug Luft verschaffen würde, mich auf die lokalen Besonderheiten einzustimmen. Und so etwas geht am besten mit einem Besuch der großen Markthalle. Die Stände quollen über vor Farben, es gab Chilis in einer schier unglaublichen Vielfalt, an einem Stand entdeckte ich über dreißig verschiedene Sorten. Die Größen variierten von den Ausmaßen einer Kaper bis zu denen einer Mandarine, es gab leuchtend orangefarbene Cashewfrüchte, auf denen eine einzelne Cashewnuss thronte, und die Farbe der Guaven reichte von feuerrot bis zu einem bläulichen Karmesin. Es war schlicht überwältigend. Ich kaufte Chilisamen und obwohl ich bereits dort ahnte, dass mein Gärtnerglück mich sicher auch dieses Mal im Stich lassen würde, fühlte es sich gut an, einen Teil dieser Vielfalt mitzunehmen. Auf der Straße gab es überall kleine Stände, wo man Frittiertes aus Kürbis und Kokos kaufen konnte; gerne auch miteinander kombiniert. Es war mein erster Besuch in Südamerika und ich hatte vor meiner Reise versucht, mir einen Überblick über die Küche zu verschaffen. *Moqueca de Peixe,* ein Fischeintopf, der zusammen mit *Farofa,* gebratenem Maniokmehl, gegessen wird, ist das Nationalgericht. Einmal zuvor hatte ich bereits eine *Moqueca* gegessen und das aromatische rote Palmöl, das man dazu verwendet, schmeckt außergewöhnlich. Ich lernte, dass man auch in Brasilien gerne Gerichte mit Stockfisch zubereitet, viele Einflüsse sind aus der – vornehmlich portugiesischen – Küche hierhergekommen. Aber es gibt hier in São Paulo außerdem die weltweit größte japanische Community, und so mischen sich die Einflüsse verschiedener Küchen, was das Essengehen sehr abwechslungsreich werden lässt.

Einen Tag aß ich großartiges *Sashimi,* am nächsten wurde ich von einer Brasilianerin in ihrem Heim bekocht, wo es *Farofa* mit Bohnen und Speck gab. Und dann war da der Tag meiner Reservierung bei Alex Atala, der immer näher rückte. Ich dürfe nicht damit rechnen, dass Herr Atala an diesem Abend auch anwesend sei, hieß es am Telefon. »Sicher, das ist in Ordnung«, antwortete ich, schließlich wusste ich, dass er noch ein weiteres Restaurant mit einer etwas bodenständigeren Küche unterhielt. Er könnte aber auch wieder irgendwo im Ausland sein, wo sich die Medien um diesen gutaussehenden Mann rissen.

Als ich meinem Kunden davon erzählte, dass ich einen Tisch reserviert hatte, sprang dieser sofort darauf an, meinte, seine Frau sei mit Atala gut bekannt und das sei doch eine wunderbare Gelegenheit, mal wieder bei ihm essen zu gehen! In diesem Moment dachte ich, dass es wohl ein Fehler war, ihm davon zu erzählen. Denn nun würde er darauf bestehen, mich einzuladen, und ich müsste mich – der Etikette halber – womöglich darauf vorbereiten, nicht das große Menü zu bestellen, weil er und seine Frau vielleicht gar nicht so versessen darauf wären, sich auf das ganz große kulinarische Abenteuer einzulassen. Ich müsste sie auf die freundlichste Weise, aber mit allem Nachdruck, dazu bringen, sich wenigstens mit fünf oder sechs Gängen anzufreunden, schließlich war ich es, die einmal um die halbe Welt geflogen war, um hier etwas zu probieren, was ich sonst nirgendwo bekommen könnte.

Unser Tisch war für 20^{30} Uhr bestellt. Eigentlich isst kein Brasilianer um diese Zeit. Dinner um 22 Uhr ist in dieser Stadt völlig normal. Ich war froh, dass wir uns auf eine frühere Uhrzeit einigen konnten. Bereits kurz nach acht setzte mich ein Taxi in der kleinen Seitenstraße einer der großen Avenidas vor dem D.O.M. ab, ich klingelte und wurde an die Bar begleitet. Es herrschte eine ruhige Stimmung, rechts neben dem Eingang befand sich der Barbereich mit einem langen Tresen, der Raum war großzügig und imposant durch seine hohe Decke, zur Hälfte ragte ein weiteres Stockwerk hervor. Überall waren die eingedeckten Tische noch leer, insgesamt zählte ich etwa zwanzig. Die Küche war durch riesige Glasscheiben einsehbar. Bevor ich an der Bar Platz nahm, fixierte ich das geschäftige Treiben in der Küche. Keine Spur von Alex Atala. Ich bestellte mir einen Cocktail, der anstelle von Eiswürfeln mit einer perfekten großen Kugel aus Eis serviert wurde. Ich genoss diese Ruhe, bevor meine Tischgesellschaft erschien, immer wieder schaute ich in Richtung Küche. Dann, als sie endlich mit geringer Verspätung auftauchten, wurden wir in den ersten Stock geleitet, was mir den Blick auf die Küche für den Rest des Abends verwehren sollte. Das war nicht ganz so, wie ich es mir gewünscht hatte, aber da war ja noch die Aussicht auf das Menü. Die Frau meines Gastgebers hatte noch eine Freundin mitgebracht, die sich für das vegetarische Menü entschied. Wir waren zu viert und bestellten das kleine Degustationsmenü.

Ein eindrucksvoller Weinschrank zog sich über die gesamte Länge des Raumes und ich machte meinem Gastgeber die angebotene Weinbegleitung schmackhaft. Denn so richtig vertraute ich ihm nicht, er wirkte ein wenig wie der Typ, der bei Chablis stehen geblieben ist, als der angesagt war, und eher nach dem klangvollen Namen eines Weinguts bestellt. Vielleicht tat ich ihm damit Unrecht, doch die Gefahr, dass wir uns für den weiteren Abend eine belanglose Flasche teilen sollten, erschien mir zu groß. Er gab nach. Mir zuliebe.

Das Menü begann mit Jakobsmuscheln, Kokos und Paranüssen, es gab Palmherzen, die ich zum ersten Mal frisch genießen konnte. Alles, was ich bisher an Palmherzen kennengelernt hatte, kam entweder aus der Dose oder dem Glas und schmeckte ähnlich aufregend, wie ein zu lange gekochter Spargel. Doch diese Palmherzen waren anders. Sie hatten eine zarte Note grüner Walnüsse und die Sanftheit einer Eierspeise. Dazu wurde Honig serviert, der von einem Amazonas-Stamm hergestellt wurde, besser wohl geschleudert wurde, denn hergestellt hatten ihn irgendwelche aggressiven Killerbienen. So zumindest stellte ich mir das nach der Beschreibung des Kellners vor. Dann, als Zwischengang, kam ein Stück Ananas, dekoriert mit einer Ameise. Wieder gab es beim Servieren einführende Worte und ja, man solle jetzt alle Scheu ablegen und die Ameise zusammen mit der Ananas essen. Ich grübelte. Wenn ich jetzt diese Ananas zusammen mit der Ameise aß, dann wusste ich, wie Ameise mit Ananas schmeckt, aber ich würde keinen blassen Schimmer davon haben, wie so eine Ameise an sich schmeckte. Ich ignorierte die Ananas und schob mir die Ameise in den Mund. Vorsichtig biss ich darauf. Und plötzlich war da dieses überwältigende Aroma von Kardamom und Zitronengras. Auch eine leicht pfeffrige Note, die an rosa Pfefferbeeren erinnerte, lugte

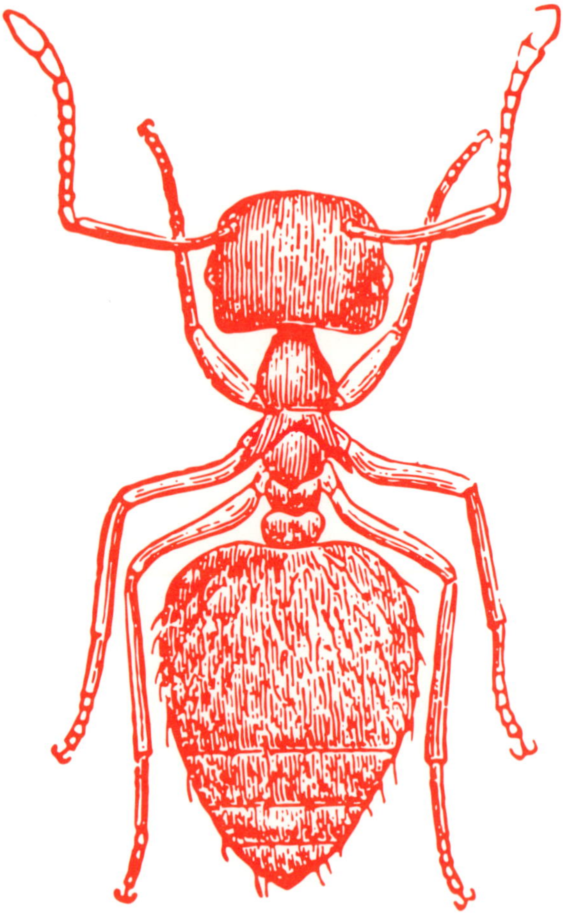

hervor. Die Ameise, gerade im Ganzen so groß wie mein Daumennagel, füllte meinen gesamten Mund mit diesem wunderbaren Geschmack. Ich ließ ihn noch ein wenig nachwirken, dann aß ich die Ananas. Wir waren alle nun etwas aufgedreht und berauscht, weil wir so mutig waren, eine einzelne Ameise zu essen. Wir prosteten uns mit einem brasilianischen Weißwein aus der Alvarinho-Traube zu, der angenehm kühl und mineralisch unseren nächsten Gang begleitete. Nach den Schweinerippchen mit gewürztem *Maniok* und Malbec-Sauce wurde eine Runde *Aligot* serviert. Dieses *Aligot* war das wohl sündigste Kartoffelpüree, das ich je essen sollte. In einem guten *Aligot* steckt viel würziger Käse und Knoblauch, es ist eine Hymne an die französische Bistroküche und vor allem ist es etwas, was ich hier nicht erwartet hätte. *Aligot* und Amazonas-Ameise, das war schon ein bisschen schräg. Und während ich mich ganz dem cremigen Kartoffelbrei hingab, stand plötzlich jemand hinter mir. Alle Augen am Tisch wanderten nach oben. Zuerst sah ich es nur in den Gesichtern der anderen, dann erst drehte ich mich um, weil ich es schon wusste: Alex Atala stand hinter mir. Ich stand auf, seine Haare waren noch etwas grauer als auf den letzten Bildern, die ich von ihm gesehen hatte, sein Vollbart durchzogen von leuchtend roten Haaren. Er strahlte mich an und als ich ihm erklärte, wie sehr ich mich auf diesen Besuch hier gefreut habe, legte er einen seiner tätowierten Arme um mich und meinte, ich solle doch nachher mal runter in die Küche kommen. Ganz so, als sei es das Normalste der Welt, einen Küchenchef in seiner Küche zu besuchen. Meine Tischgesellschaft legte nach einer fulminanten Paranusstorte mit Whisky-Eiscreme, Curry, Schokolade, Salz, Rauke und Pfeffer glücklich ihre Servietten auf den Tisch, die Gläser waren ausgetrunken und ich verabschiedete mich glücklich in die glühende Hitze der kleinen, schlauchartigen Küche. Kaum mehr als ein

Quadratmeter steht hier jedem von Atalas Köchinnen und Köchen, die aus allen Teilen der Welt kommen, zur Verfügung. Hinten an der Wand prangte eine große Flagge der Seleção. Warum auch sollte die Leidenschaft für den Fußball vor dieser Küche haltmachen? Ich erzählte Atala, dass ich mich gefreut hatte, dass er im vergangenen Jahr anlässlich einer Auszeichnung in München war, und frage, wie es ihm gefallen hatte. Schön sei es gewesen, er sei in zwei Wochen wieder dort, meint er, denn er habe die Ehre, den Preis an den nächsten Preisträger zu überreichen, und dieses Mal wolle er in einem der Voralpenbäche Forellen fischen gehen. Das sei schön dort in den Bergen. Er war so offen, freundlich und es interessierte ihn, warum ich unbedingt nach São Paulo in sein Restaurant kommen wollte. Die Zutaten in seinem Buch seien dafür verantwortlich, antwortete ich, die seien so außergewöhnlich. Er berichtete mir davon, wie er auf einer seiner Reisen ins Amazonasgebiet Ureinwohner getroffen hatte, die ihn zum Essen einluden, und dass er so fasziniert war von den wunderbaren Aromen, dass er nach den Gewürzen gefragt habe, die dabei zum Einsatz gekommen seien. Nun, keine Gewürze, habe er gelernt. Nur eben diese eine, besondere Ameisenart, zu Pulver zermahlen. Das wollte er unbedingt auch in seinem Restaurant haben. Während er weitererzählte, mussten wir immer wieder ausweichen, ständig standen wir einem seiner Kollegen im Weg, alles war beengt und es glich einem Wunder, dass auf so engem Raum eine so große Küche entstehen konnte. Das sei nicht ganz richtig, meinte er augenzwinkernd, manches würde in seinem anderen Restaurant vorbereitet, das nicht weit von diesem und dessen Küche größer sei, und hergebracht. Bevor er kurz verschwand, stellte er mich einer jungen Köchin aus Deutschland vor, Kathrin, die sich für ein halbes Jahr in diesen Mikrokosmos begeben hatte, um von ihm zu lernen. Sie strahlte über das ganze Gesicht, als sie von ihren Erfahrungen in diesem Land berichtete, das sie so sehr begeisterte. Dann stand Atala plötzlich wieder vor mir, in der Hand eine kleine Plastiktüte mit gefrorenen Ameisen. Kathrin zwinkerte mir zu. »Hier, die sind für dich und deine Freunde in Deutschland. Du musst sie aber unbedingt kühlen, sonst verderben sie, bis du wieder daheim bist.« Dankbar umarmte ich ihn zum Abschied, schlängelte mich aus der Küche und versprach, dass ich sie sofort in den Gefrierschrank im Hotel packen würde. Es sollte meine heilige Mission werden, den besten Kühlakku und die beste Kühltasche aufzutreiben, damit die geschlossene Kühlkette über Lima und London zurück nach München gewährleistet war. Und es sollte mir gelingen. Auf dem Rückflug führte ich einen stillen Dialog mit einem Zöllner, der möglicherweise an meiner kostbaren Fracht Anstoß nehmen könnte, doch nichts dergleichen geschah. Keiner interessierte sich für meine Kühltasche mit den Ameisen. Und nun, endlich, konnte ich ein Gericht aus seinem Kochbuch, das ich seit Jahren besaß, nachkochen. Nur diese eine entscheidende Zutat hatte dafür noch gefehlt.

USA, New York

SPECIAL BREAKFAST
ON A BAGEL

Mitte der Achtzigerjahre war New York City noch die Stadt der legendären Clubs, der No-Go Areas wie der Lower East Side, Harlem und der Bronx, aber vor allem war sie die Stadt der unzähligen Restaurants mit Küchen aus allen Ecken der Welt. Ich hatte gerade die Schule beendet, es zog mich hinaus in diese Welt. Und diese Welt, das war New York. Nach einigen Jobs als Au-pair bekam ich eine Stelle bei einer Textilfirma. Der Job war nicht sehr anspruchsvoll, ich sollte ab und an einen Brief tippen oder Buchungseingänge in einen Computer hacken, was damals noch bedeutete, den ganzen Tag auf grüne Leuchtbuchstaben zu starren. Wenn etwas nicht funktionierte, musste man sich in einem Serverraum melden, wo es kalt war wie im Kühlschrank und man auf Menschen traf, die alle ganz besonders blass aussahen.

Meinen beiden Kolleginnen, Jo-Ellen und Cindy, war ich nicht ganz geheuer: Ich kam aus einer anderen Welt, war neugierig, lernte gern und das allein war Grund genug, mir mit tiefstem Misstrauen zu begegnen. Nicht, dass ich womöglich noch vor ihnen befördert würde. Dass ich diesbezüglich keinerlei Absichten hatte und mein Lebensplan keine Karriere als Schreibkraft vorsah, war ihnen nicht zu vermitteln. Also gewöhnte ich mir schnell die US-amerikanische Unverbindlichkeit und Überschwänglichkeit an, machte von Zeit zu Zeit Fehler, die ihnen zeigen sollten, dass ich keinerlei Bedrohung darstellte.

Jeden Morgen lief ich zehn Blocks von meiner Wohnung, die in der Nähe des Chrysler Buildings lag und in der ich zur Untermiete wohnte, runter zur 32nd Street, wo die Firma ihren Sitz hatte. Es war ein unscheinbares Gebäude, mit einem bescheidenen Eingang, der nur von den Mitarbeitern genutzt wurde und wo es nur einen Personenaufzug und einen Lastenaufzug gab. Mein Büro, das ich mit vielen anderen teilte, hatte kein Fenster dafür umso mehr Trennwände. Ich war noch meiner deutschen Schulbrot-Menta-

FRESH BAGELS

lität verbunden und so kaufte ich mir meistens morgens auf dem Weg zur Arbeit in einer Bäckerei ein Sandwich. Die anderen taten das nicht. Sie bestellten sich ihr Frühstück ins Büro. Zuerst fand ich diesen Gedanken absurd, warum sollte man sich ein Frühstück bestellen, wenn man es auch mitbringen konnte, außerdem war der Lohn so mickrig, dass es mir in jeder Hinsicht unverhältnismäßig erschien, ein Frühstück zu bestellen.

Eines Morgens tat ich es dann doch. Vielleicht, weil ich mich den Gepflogenheiten im Großraumbüro anpassen und nicht schon wieder einen Anlass liefern wollte, misstrauisch beäugt zu werden. Vielleicht hatte ich es aber auch an diesem Morgen eilig und schaffte es nicht in eine Bäckerei. Ich bestellte mir auf Empfehlung ein *Special Breakfast on a Bagel,* das sei gut, meinten die Kolleginnen, und ich war neugierig, denn ich hatte schon öfters einen feinen Duft von frischen Eiern und geschmolzenem Käse wahrgenommen. Bestellt wurde telefonisch und immer im gleichen Delikatessenladen um die Ecke. Nach etwa 30 Minuten stand der Bote mit den Bestellungen vor der Tür. Die meisten hatten Bagels geordert, die in Alufolie gewickelt waren. Der Duft von frischem Brot zog durch die Räume. Neugierig packte ich meinen Bagel aus. Eigentlich war es grundsätzlich nicht gestattet, in der Nähe des Computers zu essen, aber da alle anderen dieses Gesetz zu ignorieren schienen, setzte ich mich auch darüber hinweg. Jeder achtete darauf, seinen Kaffee nicht über die Tastatur zu schütten, wenn es aber manchmal trotzdem passierte, musste man vor den blassen Göttern im Server-Gefrierschrank zu Kreuze kriechen. Mein Kaffee stand trotzdem in Reichweite und ich wickelte den Bagel aus seiner Folie. Er war gebuttert, mit einer dicken Lage Rührei gefüllt, zudem mit Käse überbacken und mit einigen Scheiben Speck belegt, vorsorglich in vier Teile geschnitten; dennoch war es beinahe unmöglich, ein Stück davon abzubeißen. Ich schob meine Tastatur beiseite und biss hinein. Das erste was ich wahrnahm, war die unglaublich Frische der Krume. Sie schmeckte nach Sauerteig, war warm und vollgesogen mit Butter, wobei die Kruste aber knusprig geblieben war. Das Rührei war luftig aufgeschlagen und von würzigem Käsearoma durchzogen. Der Speck war kross. Der Bagel war genau richtig gesalzen und mit etwas frischem Pfeffer gewürzt. Einfach himmlisch! Mit jedem Bissen mischte sich die zerlaufene, salzige Butter mit dem frischen Brotgeschmack und wurde von den cremigen Noten des Eis weitergetragen, eine perfekte Sinfonie von süßen und salzigen Tönen. Warm und wohlig schmeichelte es meinem Mund. Eigentlich hätte ein solches Viertel gereicht, um bis zum Mittag satt zu sein, aber ich verschlang den gesamten Bagel. Selbst als mein Magen schon kurz vor der Kapitulation war, pickte ich mit der Fingerspitze die letzten Krümel auf.

Am nächsten Morgen bestellte ich mir gleich wieder so ein *Special Breakfast on a Bagel*. Ich wollte sicher sein, dass dies gestern keine Ausnahmeerscheinung war und dass die Qualität mich auch am Folgetag wieder begeistern würde. Und so war es. Nach einer Woche war mir nach Abwechslung zumute und ich bestellte die Variante mit Thunfisch, Ei und Käse, was auch gut schmeckte, aber ich landete schnell wieder bei meinem ursprünglichen Special Breakfast on Bagel. Ich ignorierte, dass ein solches Frühstück annähernd den Gesamtkalorienbedarf eines ganzen Tages abdeckte, und nahm in Kauf, dass mit jeder Woche mein Hosenbund ein wenig mehr spannte. Ich versuchte, meine Bagel-Orgien mit einem ausgedehnteren Heimweg zu kompensieren. Aber der führte mich oftmals an einem Pizzaladen vorbei, wo man sich die Pizzastücke, die man im Vorbeigehen mitnehmen konnte, nochmal extra mit Knoblauch, Käse und Chili bestreuen lassen konnte. Die

Pizza war ohne weiteren Belag, geschmacklich geradezu brutal von Tomate dominiert, lag schlaff in der Hand und zog beim Abbeißen lange Fäden. Aber sie schmeckte fantastisch.

Also suchte ich nach einer anderen Route, um nicht in Versuchung geführt zu werden. Diese brachte mich ungeplant zu einem anderen Feinkostgeschäft, das die besten Fleischbällchen in Tomatensauce an seinem Take Away Buffet anbot – wie sich herausstellte, nachdem ich mir einmal für das Abendessen etwas von dort mitgenommen hatte. Außerdem gab es ein fantastisches Dressing mit Sojasauce und weil es in den USA zu wirklich jeder Jahreszeit grünen Spargel gab, waren es nun die Fleischbällchen mit grünem Spargel, denen ich verfallen war. Jeder Versuch, daran etwas zu ändern und einen neuen Weg einzuschlagen, führte mich nur zu anderen Imbissläden und Bäckereien. Ich hätte für den östlichen Teil Midtowns eine Fress-Karte erstellen können, die gezeigt hätte, wo man zu welcher Tageszeit den besten Snack bekommen kann.

Nach einigen Monaten und etlichen Kilos mehr auf den Hüften, rückte der Zeitpunkt meiner Rückreise nach Deutschland näher. Ich veranstaltete ein großes Abschiedsessen, fuhr dafür extra zu Balducci, dem besten Feinkosthändler auf der West Side, und verprasste meinen letzten Wochenlohn nur für Lebensmittel. Ich kündigte meinen Job, und obwohl ich meinen missgünstigen Kolleginnen nun endlich den Weg zum Aufstieg freigeräumt hatte, wurde ich nur mit einem halbherzigen Bye Bye verabschiedet. Da lernte ich, dass einen Job zu kündigen in den USA keine große Sache ist. Am Morgen meines Abflugs kaufte ich mein *Special Breakfast on a Bagel* und zelebrierte es ein letztes Mal.

Im Flugzeug versuchte ich, mich an den Geschmack zu erinnern. Er war da. Und ist auch nie verloren gegangen.

Belize, Placencia

TARANTEL IM KAFFEE UND GEGRILLTER BARRAKUDA

Entlang endloser Bananenplantagen, abwechselnd dichten Urwäldern und staubigen Küstenabschnitten, in einem alten, US-amerikanischen Schulbus fuhr ich von der Hauptstadt Belize City in den kleinen Ort Placencia im Süden. Ein wunderschönes Land, saftig und grün, ganz besonders zur Regenzeit, aber die Reise war beschwerlich: Sechs Stunden in einem Schulbus, dessen Sitzplätze der Größe von Kleinkindern, Jugendlichen und kleineren Menschen als ich angepasst sind. Es gab keine Chance, meine Beine normal unterzubringen, und so musste ich die Fahrt quer sitzend, ein wenig verkeilt, überstehen, was angesichts der teils unebenen Straßen kein allzu großes Vergnügen war. Meine Knochen knackten, als ich mich endlich aus meinem Sitz schälen konnte. Von einem mitreisenden Holländer hatte ich erfahren, dass es direkt am Meer hübsche Bungalows zu mieten gab und so lief ich ihm einfach hinterher und mietete mir einen eigenen Bungalow. Seine Reaktion deutete darauf hin, dass er sich das ein klein wenig anders vorgestellt hatte ...

Nachdem ich eine große Gottesanbeterin (willkommen in der Wildnis) verscheucht hatte, stellte ich meinen Rucksack ab und lief hinunter zum Strand. Wie sich herausstellen sollte, war heute der Eröffnungs-Tag einer neuen Strandbar, was angesichts der Tatsache, dass sich hier während der Regenzeit nur ganz wenige Touristen einfinden, ein mutiges Unterfangen war. Der neue Besitzer, ein junger Mann aus New York, war erst vor wenigen Tagen hier angekommen. Er begrüßte mich, ich bestellte ein Bier und war dankbar, dass es vor vielen Jahren einen deutschen Brauer nach Belize verschlagen hatte, denn das Bier schmeckte großartig. Nicht so ein schales Zeug, wie sie es in den USA anbieten, das hier war ein sattes, hopfiges Helles. Cheers! Auf die Brauer dieser Welt! Und tatsächlich schmeckt in der feuchten Hitze der Tropen nichts so großartig, wie ein eiskaltes Bier. Er stellte mir seinen

Freund vor, ebenfalls ein New Yorker, der ihm geholfen hatte, in einem Truck alles runter nach Belize zu fahren. Dieser Freund hieß Brad und war eigentlich Künstler, aber als ihn sein Kumpel fragte, ob er ihm helfen könne, in Belize eine Bar mitzugestalten, habe er spontan zugesagt. In zwei Tagen wollte er zurück nach New York. Warum ich hier sei, wollte Brad wissen. Tauchen, ich will tauchen lernen, antwortete ich und fügte hinzu, dass die Cayes, kleine Inseln vor Belizes Küste, traumhafte Unterwasserlandschaften bieten sollen. »Und dafür hast du dir ausgerechnet die Regenzeit ausgesucht?« Ich hatte darauf keine überzeugende Antwort parat. Also redeten wir über New York.

Ich erzählte ihm von der Zeit, als ich noch dort lebte, und so kamen wir von der Architektenfamilie, für die ich gearbeitet hatte, zu ihrem Haus auf Block Island. Block Island? Fragte er irritiert. Er habe lange dort gelebt und wolle den Namen jenes Architekten wissen. Wie sich herausstellte, kannten sich die beiden. Ich erzählte, dass ich nur einmal auf Block Island gewesen sei, zu Thanksgiving, einem großen Fest, das in einem alten Farmhouse gefeierte wurde. Wann das gewesen sei, wollte er wissen. Als ich ihm die Jahreszahl nannte, blickte er mich ungläubig an. – »Ich war auch da.« – »Tatsächlich?« – Mein Gehirn spuckte keinen Treffer aus, was nichts heißen sollte, denn ich erinnerte mich kaum und hätte eher die Namen der unterschiedlichen Pies herunterbeten können, als die Namen oder Gesichter der Gäste. Da standen wir nun also. Beinahe 13 Jahre nach dieser Party am Strand von Belize trafen wir uns de facto zum zweiten Mal in unserem Leben, ohne dass auch nur einer von uns sich an das erste Mal erinnern konnte. Wir beschlossen, am nächsten Tag zusammen das Jaguar-Reservat zu besuchen, nicht weil wir ernsthaft glaubten, dort einen Jaguar zu sehen, sondern weil es in diesem Gebiet mitten im Dschungel einen

Wasserfall und einen natürlichen Badeteich geben sollte. Und so stapften wir am nächsten Tag auf einem matschigen Trampelpfad durch den Dschungel. Ich entdeckte ganze Sträucher voller Mimosen, die bei der kleinsten Berührung ihre Blätter zusammenfalteten, und wir schafften es trotz Matsch, feuchter Hitze und Moskitos tatsächlich bis zum Wasserfall, wo wir baden konnten.

Am nächsten Morgen fuhr er zurück nach New York und ich machte mich auf zur einzigen Tauchschule des Ortes. Nur um zu erfahren, dass es sich momentan nicht lohnte, zu den Cayes raus zu fahren. Zu viel aufgewirbeltes Plankton sei im Wasser und die nächste Regenfront sei auch schon im Anmarsch. Bereits in der Nacht zuvor hatte es heftig gegossen. Ich war enttäuscht. Das lief nicht ganz so, wie ich es mir vorgestellt hatte. Es war noch früh am Vormittag und so beschloss ich, einen Kaffee trinken zu gehen. Die erste »Kaffee-Hütte« machte gerade auf. Ich orderte einen großen Becher. Der Wirt stellte eine große schwarze Tasse vor mir ab. »Könnte ich bitte Milch und Zucker bekommen?«, fragte ich. Wortkarg stellte er mir beides hin. Ich goss ein wenig Milch in die Tasse, gab einen Löffel Zucker dazu und rührte um. Dabei bemerkte ich, dass in dieser Tasse mehr war, als nur Kaffee, Zucker und Milch. Etwas Großes war in diesem Becher. Vorsichtig hob ich meinen Löffel, als plötzlich ein behaarter Körper aus meinem Kaffee auftauchte. Im Bruchteil einer Sekunde hatte ich registriert, was es war und sprang eindeutig hysterisch von meinem Sitz auf. Die drei älteren Fischer schräg gegenüber der Theke lachten. Wohl eine Ameise im Kaffee, scherzten sie. Nein, da sei keine Ameise drin. Der Wirt nahm meine Tasse und schüttete sie vor der Hütte aus. Und dann sahen wir sie alle – eine große Tarantel. Sie war natürlich tot, denn Taranteln sind äußerst empfindliche Tiere, und diese starb vermutlich in dem Moment, als der Kaffee über sie gegossen wurde. Wahrscheinlich hatte sie im Laufe der Nacht in der Tasse Schutz vor dem Regen gesucht. Hätte ich nicht ausdrücklich nach Milch und Zucker gefragt... Lassen wir das, an dieser Stelle versuche ich nicht weiterzudenken. Meine Hände zitterten und die Lust auf Kaffee war mir vergangen.

Der Leiter der Tauchschule, der zufällig Zeuge dieses Vorfalls wurde, hatte wohl Mitleid mit mir und lud mich für den späteren Nachmittag in die Schule zum Essen ein. Es handelte sich um eine nach allen Seiten offene große Holzhütte direkt über dem Wasser, von wo aus man die bunten Fische im flachen Wasser sehen konnte. Ich sagte zu. Gleichzeitig kündigte ich meinen Bungalow zum kommenden Morgen. Ich wollte weg. Weiter in den Süden. Ich stopfte alle meine Sachen wieder in den Rucksack und besorgte mir ein Busticket. Pünktlich um 17 Uhr am Nachmittag erschien ich in der Tauchschule. Der Besitzer hatte einen großen Barrakuda gefangen, der gegrillt werden sollte. Diesem Raubfisch mit eindrucksvollem Gebiss, der sich sehr gerne von Papageienfischen ernährt, möchte man nicht zu nahekommen. Papageienfische, so hatte ich gelesen, sind giftig. Dieses Gift kann sich auf den gefräßigen Barrakuda übertragen. Ich machte eine vorsichtige Anmerkung, als ich den Fisch vor mir liegen sah. Ja, genau, meinte der Tauchschulleiter und grinste, zu viel davon sollte man nicht essen. Er schien völlig unbekümmert. Nach einem Tag mit einer Tarantel im Kaffee sollte ich nun also auch noch giftigen Fisch essen. »Mach dir keine Sorgen«, meinte er. »Dieser Barrakuda ist noch jung.« Misstrauisch schielte ich auf dessen stattliche Größe. Er maß über einen Meter. Für mich sah dieses Meerestier nicht mehr jugendlich aus, aber was wusste ich schon von tropischen Fischen. Ich hatte wohl keine andere Wahl. Nach und nach, der Barrakuda lag bereits auf dem Grill und duftete zugegebenermaßen absolut verführerisch, kamen immer mehr Freunde meines Gastgebers und brachten Gemüse, Maisfladen und Saucen. Der Fisch wurde verteilt und als ich den ersten Bissen davon probierte, warf ich endgültig sämtliche Vorbehalte über Bord. Sein Geschmack erinnerte ein wenig an Makrele, das Fleisch war fest und hell und mit Sämtlichem, was die kreolische Gewürzkiste zu bieten hatte, aromatisiert, ohne jedoch den schönen Fischgeschmack zu dominieren. Ich entdeckte Thymian, Chili, Oregano, Knoblauch, Pfeffer und rauchige Noten, die mit dem Aroma des Fischs verschmolzen. Ich wickelte das Fleisch mit ein paar Bohnen und etwas kurz fermentiertem Weißkohl in einen Maisfladen. Dazu gab es eiskaltes *Maja-Bier,* das ich bereits an meinem ersten Abend kennengelernt hatte, man schaltete Musik ein und die Stimmung wurde ausgelassener. Musik, tolles Essen, Sonnenuntergang und ein paar Menschen, die genau diesen Moment feierten. Kurz zögerte ich, ob ich diesen Ort wirklich am kommenden Morgen verlassen sollte. Der Fisch und die Menschen um mich herum hatten mich versöhnlich gestimmt. Aber vielleicht war es genau der richtige Zeitpunkt, denn was hätte nach Tarantel, Barrakuda und Party noch kommen sollen?

Dänemark, Rønde

FEEL THE BEET – SPÜR' DIE (BETE)BRÜHE

Ich atmete tief ein, tiefer als gewöhnlich, so als wollte ich beim Anblick des Meeres den letzten Rest Stadtmief aus meinen Lungen verdrängen, nur noch frische, salzige Meeresluft hineinlassen und die Weite in meinem Brustkorb spüren. Mein Blick war auf die gerade Linie am Horizont geheftet, dort, wo der Himmel aufs Meer traf und wo das Licht einen goldgelben Glanz hatte.

Ich hatte bereits einige Tage in Aarhus an der dänischen Ostküste verbracht, wo ich verschiedene Küchenchefs besucht hatte, um mit ihnen über Fermentiertes zu sprechen, denn im Norden gehört es schon fast zum guten Ton, in einem gehobenen Restaurant Gläser und Bottiche mit allerlei Vergorenem und Eingemachtem im Gastraum zu präsentieren. »Du musst unbedingt weiter nach Djursland fahren«, meinte der Küchenchef eines renommierten Restaurants, dort könne ich diesbezüglich wirklich was erleben. So fuhr ich weiter nach Djursland, einer Halbinsel im Osten Jütlands. Das erste, was ich vom Balkon meines Zimmers beim Blick auf das Meer sah, war eine junge Frau, die mit forschem Schritt auf den Steg vor dem Hotel lief, sich die Kleider vom Leib riss, um kurz darauf splitternackt ins kalte Wasser zu springen. Es war Ende September und die Temperatur des Wassers lag sicherlich weit unter dem, was ich als angenehm betrachte. Das solltest du auch einmal ausprobieren, sinnierte ich, doch allein bei dem Gedanken daran bekam ich eine Gänsehaut. Vom Meer her türmten sich dunkle Wolken auf, der nächste Regen würde nicht mehr lange auf sich warten lassen und ich wollte noch ein wenig die Gegend erkunden, bevor die Sonne unterging. Um mich herum war dieses magische Licht, wenn der Himmel sich verdunkelt und die sinkende Sonne die Landschaft darunter orange-golden verzaubert. Im Fischerhafen des kleinen Orts Ebeltoft schaukelten die Boote ruhig vor sich hin und nur wenige Menschen waren unterwegs. Ich kaufte mir gebackenen Fisch auf Selleriecreme, setzte mich auf eine Bank und beobachtete den Hafen. Mehr würde an diesem Tag nicht mehr passieren.

Am nächsten Morgen hatten sich fette, graue Wolken in den Himmel gekrallt, alles war feucht und kalt. Ich hatte gehofft, sie würden sich bald wieder verziehen, schließlich heißt es ja, am Meer könne so etwas schnell gehen. Doch auch nachdem ich eine Stunde lang mit einer Tasse Tee in der Hand hinaus aufs Wasser gestarrt hatte, gab es keine Anzeichen für eine baldige Besserung. Ich saß im Frühstücksraum meines Hotels, um mich herum nur Familien, deren Kinder sich offensichtlich ebenfalls langweilten. In der Lobby wurde der Kamin angezündet. Ich spürte eine gewisse Trägheit. Es sollte noch ein paar Stunden dauern, bis ich jenes Restaurant besuchen sollte, das mir der Küchenchef in Aarhus empfohlen hatte. Die Zeit würde sich unendlich ausdehnen, säße ich noch länger im Frühstücksraum aus dem Fenster starrend. Also zog ich feste Schuhe und eine wasserdichte Jacke an, setzte mich in mein Auto und fuhr landeinwärts an einen See. Vielleicht könnte mich ein anderes Gewässer ein wenig ablenken, statt nur der Mittagszeit entgegenzufiebern. Daher stapfte ich entlang einer Kuhweide und versuchte vergeblich, mich dem See zu nähern. Ich begegnete schwarzen Kühen, die neugierig auf mich zukamen, woraufhin ich mich schleunigst wieder in mein Auto setzte und weiterfuhr. Mitten im Wald stand ich plötzlich vor einer Reitergruppe, die sichtlich unerfreut darüber war, dass ich ihr nicht ausweichen konnte. Ich wendete und fuhr zurück ans Meer. Mittlerweile hatte der Wind deutlich aufgefrischt und etliche Kite-Surfer aufs Wasser gelockt, die ich beobachten konnte. Vielleicht käme ich, wenn ich jetzt äußerst gemütlich in den nächsten Ort fahren würde, doch nicht zu früh für meine Reservierung im Restaurant an, überlegte ich. Notfalls könnte ein nochmaliges Wechseln der Kleidung die Zeit verkürzen.

Kurz nachdem ich das Ortsschild von Rønde passierte, setzte heftiger Regen ein. Das Navigationssystem schickte mich auf eine unbefestigte Straße, wo ich nach wenigen hundert Metern das Restaurant finden sollte. Doch da war nichts. Ein paar Hütten standen zwischen verwilderten Gärten, es gab keine Schilder und der Weg wurde immer schmaler. Wäre da nicht ein großer schwarzer Geländewagen gewesen, dessen Insassen mit dem gleichen suchenden Blick wie ich die Umgebung sondierten, hätte ich schwören können, dass ich mich komplett verfahren hatte. Ich drehte eine weitere Runde. Dann entdeckte ich einen Parkplatz und ein größeres Holzhaus, das jedoch völlig unscheinbar wirkte. Es erinnerte eher an das Vereinsheim des örtlichen Gärtnerklubs, als an ein Restaurant. Doch da war es - das kleine Schild mit dem Namen des Restaurants. Ich hatte es gefunden! Das erste was mir auffiel, war der riesige Garten, der sich rund um das Gebäude ausdehnte, dicht bewachsen und voller Blüten und Kräuter. In einem weiteren Teil stand ein großes Gewächshaus. Um den Eingang herum wucherten Melden, Holunder und Minze. Das Haus, das außen eher einem größeren Schuppen ähnelte, entpuppte sich im Inneren als großzügiger Raum mit einer Fensterfront, die vom Boden bis zur Decke reichte und freien Blick auf eben diesen Garten bot. Die Einrichtung war klar und modern, viel Holz, einige Felle und ein großes Weinregal. Ich durfte meinen Platz direkt an einem kleinen Tisch am Fenster einnehmen. Im Vorfeld hatte ich mich bereits über das Restaurant erkundigt und dabei erfahren, dass man hier ausschließlich auf saisonale Produkte aus dem eigenen

Garten setzt, das Menü rein vegetarisch ist und sämtliche weitere Zutaten, die nicht aus dem Garten stammen, wie das Mehl fürs Brot, der Käse und die Milch aus der unmittelbaren näheren Umgebung bezogen werden. September ist eine wunderbare Zeit für die größtmögliche Vielfalt an frischen Zutaten aus dem Garten, dennoch hoffte ich, dass mir auch das ein oder andere Fermentierte begegnen würde. Ich bestellte das große Menü, das sollte die Chance erhöhen. Und dann, kurz bevor es losging und noch ein prickelndes Quitten-Getränk über meine Zunge perlte, passierte das, was oft an solchen Plätzen passiert: Sämtliche Anspannung, alle Frustration ob des öden Vormittags im regnerischen Küstenort fielen mit einem Mal von mir ab. Es war, als richte sich etwas in meinem Inneren auf, strecke sehnsüchtig seine Fühler aus und werfe alles bei-

seite, was bislang den unmittelbaren Zugang zum Genusszentrum blockierte. Ich war bereit. Bereit für ein luftiges Bällchen aus Möhren und Buchweizen, mit dehydrierter Molke bestreut und auf einer mit Knoblauch und Majoran gewürzten Kartoffelcreme, gefolgt von einem frischen Shisoblatt, das mit einem Salat aus cremigem Sauerkraut und Haselnüssen gefüllt war. Dazu gab es abwechselnd einen Naturwein oder einen fermentierten Saft aus Obst und Kräutern. Es folgten hauchdünne Scheiben vom Kohlrabi, darunter verborgen lagen fermentierter Spargel, Physalis, Trauben und Gewürztagetes. Immer mehr Teller kamen aus der Küche, immer mit kleinen Portionen, die jedoch ausreichten, um mich jedes Mal weiter und tiefer in die komplexen und kunstvollen Kreationen hineinzuführen. Da waren grüne Tomaten auf einer leicht scharfen Käsecreme mit einem leuchtend grünen Kräuter-Jus, Thai-Basilikum und Koriander oder Rote Bete, begleitet von Sauerklee, fermentiertem Knoblauch und Preiselbeeren. Immer tiefer begab ich mich in diese Welt der Kräuter, Blätter und Blüten und begriff zum ersten Mal, wie kühn man diese kombinieren konnte. Wie oft hatte ich im Spätsommer das Olivenkraut, die Zitronentagetes und die Eberraute in meinem Kräuterbeet betrachtet, nichts ahnend mit welchem Potenzial diese ausgestattet waren und es letztlich nur meiner Unkenntnis geschuldet war, dass sie bisher nie richtig zum Einsatz kamen. Dies sollte sich künftig ändern, schwor ich mir. Ich würde mir noch mehr Mühe geben, ihnen zu einem gelungeneren Auftritt zu verhelfen. Ich spürte, wie sich ein euphorisches Gefühl in mir ausbreitete. Und während ich an einem Wasserkefir mit fermentierten Blaubeeren nippte, sollte ich auf den Höhepunkt meines Menüs zusteuern. Der Höhepunkt, das ist normalerweise immer das Fleisch mit üppigen Saucen voller Umami und gehaltvollen Beilagen, doch hier war nichts so, wie es üblich ist. Zuerst platzierte einer der Köche einen kleinen Teller mit frischem, noch ofenwarmem Brot, dazu eine luftig aufgeschlagene Butter vor mir. Also das, was normalerweise vor einem Essen auf den Tisch gestellt wird und nicht kurz vor dessen Ende, worüber ich aber ganz froh war, denn meist esse ich zu viel von diesen Butterbroten. Ganz besonders, wenn das Brot so frisch ist wie dieses, und es mit ein paar Salzflöckchen auf der langsam schmelzenden Butter einfach unwiderstehlich ist. Dann stellte er eine kleine Schale mit dampfender Brühe vor mich hin. Ihre Farbe konnte ich in der dunklen Steingutschale nicht genau erkennen, aber kaum stand sie vor mir, war es, als ob ein großes Orchester zum Fortissimo ansetzt, Blech und Pauke alles geben während der Dirigent wild mit den Armen rudert. Ein Orchester, bestehend aus verschiedenen Gemüsen und Gewürzen, das mit vollem Karacho meine Sinne vereinnahmt. Nachdem ich eine unendlich lange Sekunde meine Nase dieser Schale entgegenreckte, schaute ich den Koch an. Lächelnd erklärte er mir, dass dies der *Masterstock* sei. Eine Brühe, die das erste Mal zur Eröffnung des Restaurants vor fast fünf Jahren angesetzt wurde und die seitdem ohne Unterbrechung köchelt, immer wieder aufs Neue mit mehr Gemüse und mehr Wasser gefüttert. Ich probierte… fleischig, dicht und in ihrer Komplexität schwer zu erfassen, breitete sich die warme Flüssigkeit in meinem Mund aus. Das konnte unmöglich eine Gemüsebrühe sein. Sie stellte jede noch so kräftige Rinderconsommé in den Schatten. Sie verwies alle meine selbstgemachten Gemüsebrühen (auf die ich immer stolz war) auf die hintersten Plätze und setzte sich voller Selbstbewusstsein in die Mitte der Bühne. Ein weiteres Mal versicherte mir der Koch, dass nichts außer Wasser, Gemüse und Gewürzen diese Brühe angereichert hätte. Sie würde erst kurz vor dem Servieren mit einem Hauch Salz versehen. Ich musste in diesem Moment an die Frau denken, die sich vor meinen Augen die

Kleider vom Leib gerissen hatte und ins Meer gesprungen war. So ähnlich fühlte ich mich jetzt, völlig entblößt in einem Meer aus Aromen. Da waren die bekannten Noten von Sellerie, Petersilienwurzel und Karotte, aber wie bei einem Parfum war dies nur die Herznote. Darunter und darüber schwirrten verschiedene Kräuter, in der Basisnote war ein leicht pfeffriger Ton, auch etwas Pudriges nahm ich wahr. Diese Brühe war wie ein Sog in die Tiefe, dem ich nichts entgegensetzen konnte. Ich musste mich ihr völlig hingeben. Dann erst war ich in der Lage, mich dem frischen Brot zu widmen. Wehmütig starrte ich auf den letzten winzigen Tropfen in meiner Schale, ich hatte völlig vergessen, dieses Gericht auf einem Foto festzuhalten und nun wäre ich nur noch in Lage, eine leere Schale zu fotografieren. Dem Kellner, der aufmerksam meine Reaktion über diese Brühe verfolgt hatte, entging meine missliche Lage nicht und er bot mir freundlich an, die Schale noch einmal zu füllen. Ich war dankbar für die Wiederholung dieser Aromenreise, die ich nun mit einem Bild dokumentieren konnte. Doch beim Betrachten sah die Flüssigkeit in der hübschen Steingutschale völlig unspektakulär aus und transportierte nicht annähernd jene Empfindungen, die von der Brühe in mir ausgelöst wurden. Ich liebe das Bild trotzdem. Vielleicht weil man eine solche Vollkommenheit hinter einem so schlichten Schnappschuss gar nicht vermutet.

Korea, Süd-Jeolla

CHWINAMUL UND HANSIK-KÜCHE IM NIRGENDWO

Das Spiel »Finde den Busbahnhof«, erscheint auf den ersten Blick leichter, als es sich in einer Stadt wie Seoul tatsächlich darstellt. Für mich entwickelte es sich zusehends zu einem Irrlauf quer durch die koreanische Riesenmetropole. Die Haltestation, von der ich glaubte, sie sei ein Busbahnhof, entpuppte sich als U-Bahnhof in einem Randbezirk. Fluchend zerrte ich meine Koffer hinter mir her. Keiner in meiner unmittelbaren Umgebung sprach Englisch. Ich fuhr weiter mit der U-Bahn, nur um einige Haltestellen später zu erkennen, dass es die falsche Linie war, in die ich eingestiegen war. Nach einer Weile fand ich eine junge Koreanerin, die mir immerhin erklären konnte, wo ich hinmusste, was mich allerdings trotzdem noch nicht ans Ziel brachte –, denn plötzlich stand ich in einem riesigen Untergrundbahnhof. Warum nur musste ich all das zuvor gekaufte Geschirr in meinen Koffern durch die halbe Stadt schieben und warum nur, dachte ich, sei es eine gute Idee, mit öffentlichen Verkehrsmitteln zum Busbahnhof zu kommen? Weil es alle hier so handhaben und es schließlich meine eigene Schuld war, dass ich viel zu viel Gepäck dabei hatte. Mir lief der Schweiß in Strömen. Wieder fragte ich eine junge Frau, wo denn nun der Busbahnhof sei. Sie zeigte mit ihrem Finger nach oben und deutete in Richtung der Rolltreppe. Vermutlich hatte sie Mitleid mit mir, denn sie griff einen der Koffer, marschierte los und winkte – »Folg' mir!« Die Frauen in Korea sind einfach fabelhaft. Ich stolperte ihr hinterher und nach vier Ebenen erreichten wir endlich die Oberfläche: Ich stand auf dem Busbahnhof. Sie erklärte mir noch, wo ich mein Ticket kaufen sollte, lächelte freundlich und verschwand in der Menge. Ich kaufte mein Busticket, suchte nach der richtigen Haltestelle, ließ meine Koffer verladen und sank dankbar auf meinen Sitz.

Busfahren ist in Korea beliebt, beinahe im Sekundentakt fuhren diese Transportmittel in den Bahnhof hinein und wieder hinaus. Das ganze Land scheint aus einem Netz von Buslinien zu bestehen. Ich hätte jetzt sofort runter an die Küste fahren können oder in ein entlegenes Bergdorf. Aber ich wollte nach Cheongju, das etwa 150 Kilometer in südlicher Richtung liegt. Dort würde mich Hai Soon Park zusammen mit ihrer Nichte abholen, denn nur diese sprach Englisch. Ich hatte Hai Soon auf einer Biomesse in Deutschland kennengelernt, wo sie ihre Sojabohnenpaste *Daenjang* vorstellte, die sie nach einem alten Rezept ihrer Großmutter außerhalb von Cheongju in einem kleinen Dorf produzierte. In Korea ist ihr *Daenjang,* das dem japanischen *Hatcho Miso* ähnelt und rein aus Sojabohnen hergestellt wird, sehr bekannt. Daher wollte ich sie unbedingt besuchen, um mehr darüber zu erfahren. Nur fehlte von der zierlichen Hai Soon jede Spur, als ich am Expressbahnhof in Cheongju ankam. Wie sich herausstellte, stand ich am falschen Busbahnhof. Die Stadt hat zwei davon, die Chance, den richtigen zu treffen lag also bei fünfzig Prozent. Wenig erstaunt darüber, dass an diesem Tag nun auch das noch schiefgegangen war, rief ich ihre Nichte an, erklärte, wo ich war und setze mich in das Wartehäuschen. Ich war die einzige in diesem Häuschen und hatte genug Zeit, mir die gelben Kacheln und blauen Mülleimer genau einzuprägen, denn sonst gab es nicht viel zu sehen. Nach einer weiteren Stunde – der andere Busbahnhof lag am anderen Ende der Stadt – fuhr ein Auto langsam auf das Wartehäuschen zu. Hai Soon hatte mich gefunden.

Wir fuhren zuerst in mein Hotel, um das Gepäck abzuladen. Das Hotel sah nicht so aus wie auf den Bildern, eigentlich war es ein ziemlich scheußliches Hotel, düster und etwas heruntergekommen. Aber ich würde nur zwei Nächte bleiben, dann sollte es in den Süden weitergehen. Während ich mein Gepäck aufs Zimmer brachte, warteten die beiden unten in der Lobby. Ich beeilte mich, schnappte nur meine Kamera und war froh, die Koffer endlich los zu sein. Es war bereits nach Mittag und bevor wir raus zu ihrem Dorf fahren sollten, schlug Hai Soon vor, etwas essen zu gehen. Ich war dankbar für diesen Vorschlag. Wir fuhren zu einem typischen Barbecue-Restaurant; typisch deshalb, weil es keinen einzigen Stuhl im ganzen Restaurant gab. Ob das in Ordnung sei, übersetzte die Nichte. Ich gab ihr zu verstehen, dass ich sehr glücklich über diese Wahl sei, denn schließlich sei ich ja hergekommen, um das authentische Korea kennenzulernen und nicht das für die westlichen Touristen. Auch wenn das bedeutete, dass ich natürlich niemals so elegant wie sie in die Knie gehen konnte, um mich hinzusetzen, geschweige denn länger als eine halbe Stunde im Schneidersitz zu verharren, bevor meine Knie anfingen zu rebellieren. Die butterzarten Fleischstücke, die mit einem Lack aus Sesamöl, *Gochujang* (einer herrlich fruchtig scharfen, fermentierten Chilipaste), Sojasauce und Sirup eingepinselt waren, machten diesen misslichen Umstand jedoch mehr als wett. Dazu gab es Bier und *Makgeolli,* einen rustikalen, trüben Reiswein, der mir so gut schmeckte, dass er mir auf meiner weiteren Reise in Korea noch oft begegnen sollte. Nach dem Essen fuhren wir raus aus der Stadt. Immer tiefer hingen die Wolken am Himmel. Wir steuerten in eine bergige Region, als es anfing, in Strömen zu regnen. Trotzdem war ich fasziniert von der Umgebung, die langsam im Nebel versank. Immer wieder kamen wir an kahlen Bäumen vorbei, an denen leuchtend orangefarbene Kakifrüchte hingen. Diese Bäume wirken ein wenig bizarr: keine Blätter mehr, aber prachtvolle dicke Früchte. Schon aus der Ferne konnte ich Hai Soons Haus daran erkennen, dass dort in schier endlosen Reihen große Keramikfässer standen. Fässer, in denen ihre Sojasauce und das Daenjang reiften. Sie merkte, wie aufgeregt ich war, nun endlich mehr darüber zu erfahren, doch erst einmal stand gefühlt das halbe Dorf vor ihrer Tür, um einen Blick auf den Besuch aus Deutsch-

land zu werfen. Sie waren alle neugierig, warum jemand einen so weiten Weg auf sich genommen hatte, nur wegen dieser Fässer. Nachdem sie mich in Augenschein genommen hatten und ich gelernt hatte, wie man sich auf Koreanisch bedankt, fand Hai Soon Zeit, mir alles zu erklären. Sie zeigte mir die Fässer, ließ mich von ihrem Inhalt probieren – eine unglaublich komplexe Sojasauce, die viel fetter, dichter und vielschichtiger war als jede Sojasauce, die ich davor probiert hatte – und zeigte mir einen besonderen Baumpilz, der nur an Maulbeerbäumen wächst. Dieser Pilz zusammen mit Chili und etwas Kohle waren die geheimen Zutaten ihrer Sojasauce, die oftmals viele Jahre lang reifte. Sie führte mich zu einem der Keramikfässer und öffnete es. Dies sei, so sagte sie, im Jahr ihrer Hochzeit vor mehr als dreißig Jahren angesetzt worden. Ich schaute hinein, es war beinahe leer. Sie entnahm mit einem Löffel ein wenig daraus und gab ihn mir zum Probieren. Ein wenig ehrfürchtig kostete ich diese alte Sojasauce. Sie schmeckte wie eine Essenz aller Sojasaucen, die ich je probiert hatte. Eine deutliche Note von bitterem Karamell dominierte die salzige, ölige Sauce. Hai Soon erklärte mir jeden einzelnen Prozess ihrer Herstellung. Nur, dass es ausschließlich Fotos von ihren Fässern im Regen geben sollte, darüber war sie nicht glücklich. Ob ich nicht bleiben wolle, fragte sie. Sie würde mir gerne ihr Korea zeigen. Auch wenn ihre Nichte am kommenden Tag wieder zurück nach Seoul fahren musste und das hieß, dass wir beinahe gänzlich unserer Möglichkeit beraubt sein sollten, uns zu unterhalten. Ich sagte sofort zu. Am nächsten Morgen holte sie mich im Hotel ab und fuhr mit mir in einen Nationalpark. Zwischen Wäldern, die in den herrlichsten Herbstfarben leuchteten, ragte eine riesige goldene Buddha-Statue zwischen verstreuten Pagoden hervor. Wir tranken *Jujube-Tee,* um uns aufzuwärmen, und sie lud mich ein Restaurant ein, wo sie uns einen *Hotpot* bestellte, der ein wenig an ein Fondue erinnerte, nur dass die meisten Zutaten bereits darin schwammen. Sie lachte, als ich wieder *Makgeolli* bestellte und plapperte unentwegt in ihr Telefon, auf das sie sich einen Übersetzer installiert hatte. Doch bereits nach wenigen Versuchen, längere Sätze zu übersetzen, war ich zu der Überzeugung gelangt, dass die für koreanisch-deutschen Übersetzungen Zuständigen eine Bande von frustrierten Lüstlingen gewesen sein musste. Wir hatten viel zu lachen.

Und so lud sie mich ein, sie an die Küste zu begleiten, in der Nähe sei eine kleine lokale Biomesse, die sie gerne besuchen würde. Ich lernte bunte Reiskuchen kennen, kostete Algen und außergewöhnliche *Kimchi*-Kreationen, trank köstlichen gelben Tee und wurde nicht müde, mir alles ganz genau anzuschauen. Anschließend fuhren wir ans Meer. Die Sonne war bereits untergegangen, doch der Himmel leuchtete noch in einem grellen Blau, das an seinen Rändern in Orange wechselte. Vereinzelt lagen Schiffe vor Anker und wir beobachteten, wie die Mondsichel immer deutlicher hervortrat. Das Merkwürdige an der ganzen Situation war, dass ich die ganze Zeit über das Gefühl hatte, mit ihr zu reden. Wir unterhielten uns, ohne auch nur ein Wort zu sagen. Nur einmal, als wir nach der kurzen Dämmerung zurück zum Auto gingen, berührte sie kurz meinen Arm. »Eat?« fragte sie. Ich nickte. Sie fuhr weiter in ein Dorf. Straßenlampen waren hier eher eine seltene Zierde und die Straße wurde etwas holpriger. Ich wusste nur, dass wir irgendwo in Süd-Jeolla unterwegs waren, aber wo? Ich hatte absolut keine Ahnung. Doch dann erreichten wir ein erleuchtetes großes Haus mit einem ausgedehnten Parkplatz davor. Es musste etwas Besonderes sein, denn kaum ein Platz war noch frei. Während wir in einem Vorraum warteten, bis ein Tisch frei wurde, bestaunte ich riesige Glaskaraffen mit undefinierbaren Fermenten. Dieses Restaurant hatte sich auf die *Hansik*-Küche spezialisiert, wie die Hochküche in Korea genannt wird. Wieder musste ich mich auf den Boden setzen und wieder staunte ich, was so alles auf den anderen Tischen serviert wurde. Und dann folgten Schüsseln über Schüsseln: köstlich geschmortes Fleisch, Tintenfisch in einer Sauce mit kandierter Zitronenschale, Rettichnudeln in schwarzer Sesamsauce, verschiedene Gemüse mit Tofu. Immer noch mehr Schüsseln wurden an unseren Tisch gebracht. Und ich war am Verzweifeln. Keine Karten mit englischen Beschreibungen und meine wunderbare Begleiterin verlangte dem Online-Übersetzungstool alles ab. Aber das lieferte nur unzusammenhängenden Blödsinn. Zum ersten Mal auf meiner Reise konnte ich niemanden fragen, was genau ich gerade aß. Ich musste mich allein von den Texturen und dem Geschmack führen lassen. Ein spinat-ähnliches Gemüse hatte es mir angetan. Es schmeckte pudrig und gleichzeitig war es voller Umami. Es war schwer zu erkennen, ob es an der Zubereitungsart oder am Eigengeschmack dieses Gemüses lag. Es hieß *Chwinamul*. Später sollte ich erfahren, dass es sich um das Kraut einer wildwachsenden Aster aus den Bergregionen Koreas handelte. Ich wollte unbedingt etwas von diesem Kraut mit nach Hause nehmen. Wir suchten am folgenden Tag den gesamten Markt in Cheongju danach ab. Leider ohne Erfolg.

Doch ich kaufte trotzdem noch eine weitere Tasche, damit all das Chilipulver, die getrockneten Kakifrüchte, ein Tontopf und einige blaue Süßkartoffeln noch einen Platz fanden. Ich umarmte Hai Soon zum Abschied und versprach ihr, wiederzukommen. Also irgendwie versprach ich es ihr, denn in Worten konnte ich es ihr nicht sagen. Wenn also eine Umarmung all dies ausdrücken konnte, die Dankbarkeit darüber, dieses schöne Land kennengelernt und so viele neue Entdeckungen gemacht zu haben, so war es genau diese.

Indien, Goa

ZUCKERROHRSAFT UND DAS 48-STUNDEN-DAL

Also die Devi und ich, wir waren ja früher schon in Pune, beim Osho. Heute kommen wir hier nach Calangute.« Ich lauschte fasziniert der Stimme am Nebentisch, die mit leicht bayerischem Akzent erzählte, und gab mir Mühe, mich nicht danach umzudrehen. Ich zwinkerte meiner Begleitung zu und machte leichte Andeutungen mit dem Kopf. Aber die war mehr an ihrem Henna-Tattoo auf der Hand interessiert als an den ehemaligen Jüngern eines indischen Gurus. Als ich zum ersten Mal Mitte der 1990er nach Goa reiste, hatte ich weder Erleuchtung noch Yoga im Sinn. Ich wollte einfach ein bisschen Exotik, indisches Essen und Strand – und Partys. Damals waren es noch keine Horden an Feierwütigen, derer sich die einheimische Bevölkerung erwehren musste. Es wurde noch geduldet, dass die Einwanderer aus den westlichen Ländern, die vielleicht ein bisschen Schmuck bastelten, den sie jede Woche auf dem großen Flohmarkt in Anjuna verkauften, sich mit durchgeknallten Ravern mischten, die meist nichts als Müll hinterließen. Jahre später, als mehr und mehr Hotels gebaut wurden, sollte sich das ändern, Goa weiter verkommen und unter den Nationen aufgeteilt werden. In Arambol im Norden die Israelis, in Anjuna und Baga die Russen, in Calangute die ehemaligen Hippies und im Süden dann die Deutschen, Italiener und alle anderen. Ich kam trotzdem wieder. In Deutschland hatte ich mit Yoga angefangen und meine Lehrerin veranstaltete jedes Jahr im Winter ein sogenanntes Retreat in einer Yogaschule in Goa. Also fuhr ich erneut hin, diesmal allein. Von den Hippies und ehemaligen Osho-Sannyasins war kaum noch einer zu sehen. Einmal traf ich abends einen in einer Bar am Strand, der mit erzählte, wie aufregend es damals in den Siebzigern war, mit dem VW Bus durch Afghanistan und den Irak zu reisen, bis man endlich am Ziel war.

Goa ist indisch und auch wieder nicht. Bis Mitte des letzten Jahrhunderts war es eine portugiesische Kolonie, bevor die Gegend ein indischer Bundesstaat wurde. Das merkt man immer noch ein wenig an der Küche, die hier angeboten wird. Ich mietete mir in einem kleinen Hotel am Strand von Calangute ein Zimmer, besorgte mir einen Roller und nahm mir fest vor, die kommenden drei Wochen einzig und allein meinem spirituellen Weiterkommen zu widmen. Morgens fuhr ich noch vor dem Frühstück in die Yogaschule, quälte mich durch endlos wiederholende Sonnengrüße und hatte jedes Mal kurz vor den Entspannungsübungen die erste Hungerattacke mit Visionen von frischem Brot und Mangos. Einmal mussten wir alle mucksmäuschenstill sein, als ein großer Affe über das Dach des Nebengebäudes kletterte. Die seien gefährlich, so die Besitzerin der Yogaschule, und ich hielt den Atem an. Ohmm.

Wann immer ich Zeit hatte und davon hatte ich im Grunde genommen mehr als genug, fuhr ich mit dem Roller nach Mapusa auf den Markt. Nicht weil ich dort etwas hätte einkaufen müssen, ich hatte ja nicht einmal eine Küche, es war vielmehr das Gewusel, die Berge an Kräutern und Obst, die mich magisch anzogen. Der wichtigste Grund war jedoch der frisch gepresste Zuckerrohrsaft. Ich entwickelte ein geradezu suchtähnliches Verlangen nach diesem köstlichen Energiekick. Er war nur wenig süß, schmeckte grasig frisch und hatte etwas leicht Cremiges. Oft lief ich lange den Markt auf und ab, beobachtete die Metzger, legte meist etwas an Tempo zu, wenn ich an den Ständen mit dem getrockneten Fisch vorbeikam, wo es immer bestialisch stank, und kramte am Stand für Küchenzubehör nach Dosen, um meine gekauften Kräuter darin aufzubewahren. Eine junge Frau flocht kunstvolle Blumenkränze, indem sie ein Ende des Faden mit ihren Zehen festhielt, um von Hand die Blumen aufzufädeln. Manchmal kaufte ich mir etwas *Feni,* Schnaps aus Palmzucker, den ich mir ab und zu in einen Saft aus frisch gepressten Limetten goss. *Feni* pur zu trinken hätte ich nicht geschafft. Dieser Schnaps schmeckte so penetrant nach purem Alkohol, ohne jegliche Facetten seiner Zutaten Kokos oder Cashew, dass er nicht mal im Ansatz verlockend war. Soweit es mir möglich war, versuchte ich es zu vermeiden, in den gängigen Lokalen nahe den Hotels essen zu gehen. Hier gab es nichts zu entdecken. Alles schmeckte gleich. Und so fuhr ich auch schon mal etliche Kilometer über schlaglöchrige Straßen, nur um dem Trubel zu entgehen und natürlich um authentisches Essen zu bekommen, einigermaßen zumindest. Meist landete ich in einem nepalesischen Restaurant in Anjuna, wo ich *Momos,* gefüllte Teigtaschen, aß und esslöffelweise Knoblauch in die Brühe schüttete. *Momos* kann ich niemals überdrüssig werden, im Gegensatz zu indischen Currys. Bei Currys ist es immer das Gleiche: Ich sehne mich danach, wenn ich lange keines hatte, schmachte *Garam Masala* entgegen, nur um dann nach zwei Wochen und einer Überdosis Kurkuma, Ingwer, Bockshornklee und Fenchel eine regelrechte Abneigung gegenüber diesen Aromen zu entwickeln. Ich konnte nach der zweiten Woche keine Linsen mehr sehen, auch *Aloo Gobi,* das Blumenkohl-Kartoffel-Curry, hing mir schon zum Hals raus. Anders der Zuckerrohrsaft – davon wird es für mich nie ein Zuviel geben –, aber ich lechzte mehr und mehr nach fettigen kleinen *Samosas,* nur um dann meist doch wieder zum Nepalesen zu fahren und *Momos* mit Knoblauch zu essen. Ich stellte mir vor, wie ich jeden Morgen beim Sonnengruß einer angeschnittenen Orange gleich Aerosole ausdünstete, in meinem Fall jedoch mit Knoblauch, was allerdings dadurch abgemildert wurde, dass wir im Freien waren. Eines Abends bestellte ich mir Hummer, der selbst in Goa ein kräftiges Loch ins Reisebudget reißt, und nichts ist, wovon man sich kontinuierlich ernähren könnte. Doch dann erzählte mir eine der Kursteilnehmerinnen von einem schwarzen *Dal*. Was das sei, wollte ich wissen, und wodurch es sich von anderen Linsensuppen unterscheide. Es sei aus schwarzen Urd-Linsen und etwa 48 Stunden lang gekocht, meinte sie. Dadurch würden sich fast speckartige Aromen entwickeln, ergänzte sie mit einem Augenzwinkern. Speck! Allein die Vorstellung war schon verlockend. Diese Linsensuppe wollte ich unbedingt probieren. Ich hatte eine ungefähre Beschreibung, wo das Lokal zu finden war, und nachdem die Sonne unterging, machte ich mich auf die Suche. Ich musste ans Ende des Dorfes fahren (nachts verschafft einem das Fahren auf Goas Straßen noch einen zusätzlichen Kick, denn meist fahren alle auf den unbeleuchteten Straßen ohne Licht und blenden nur ab und zu kurz auf). Erstaunlich einfach hatte ich das Ziel erreicht. Ich ließ mir die Speisekarte kommen und suchte nach dem *Black Dal*. Dazu bestellte ich noch ein mit Käse gefülltes *Naan* und indisches Bier. Unter dem Tisch qualmte eine Anti-Moskito-Spirale. Ich war neugierig, ob es dieses Dal aus schwarzen Urd-Linsen schaffen würde, mich wieder mit den Aromen Indiens zu versöhnen. Als der Kellner eine große Schale mit einer dicken, dunklen Suppe vor mich hinstellte, war es der Duft nach Holzofen, Erde und Butter, den ich als erstes wahrnahm. Ich probierte einen Löffel. Da waren Töne von Kräutern, schwarzem Kardamom, etwas leichtes, fast Florales und die Wucht von einem konzentrierten, tatsächlich fast speckigen Aroma, das sich in meinem Mund breitmachte. Die Suppe war einfach unglaublich. Eine so vollkommene Würze, als habe man das ausgelassene Fett eines grünen Specks vom Ibérico Schwein hineinlaufen lassen. Allerdings kamen hier überhaupt keine tierischen Produkte zum Einsatz. Ganz klar wurden diese Urdbohnen, wie man die *Urid Dal* auch nennt, vor dem Kochen geröstet. Nur, um dann in einem sehr langen Prozess gekocht zu werden, bis sie alles, was sie an Aroma besitzen, abgegeben und sich im Gegenzug mit all den Gewürzen vollsaugten, um sich in ein samtiges Gesamtkunstwerk zu verwandeln. Dieses Gericht machte optisch nicht allzu viel her, aber sein Geschmack war überragend.

Zurück in Deutschland habe ich mich, nachdem die Lust auf indische Aromen wieder da war, noch mehrere Male an dieser Suppe versucht, doch es gelang mir nie, diese Tiefe, diese Vehemenz der verschiedenen Geschmacksnoten zu erreichen. Ganz egal, wie lange ich die Suppe kochte – es war nie mehr als einfach nur eine Linsensuppe. Das Geheimnis dieses *Dals* blieb in Goa.

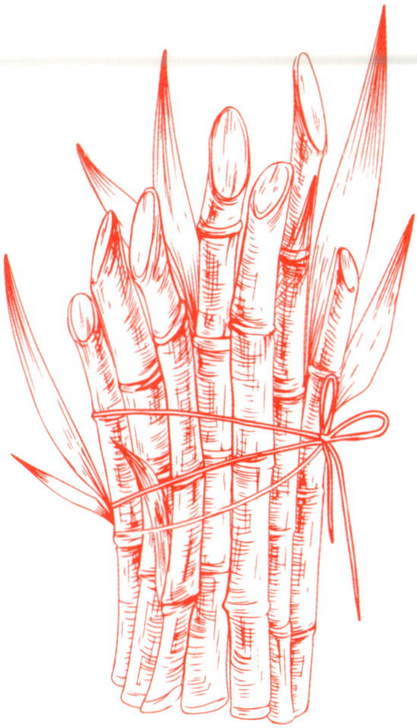

China, Shanghai

DU LERNST DAS NOCH MIT DEN DIM SUM

Judy ist die Meisterin der *Dim Sum* und Judy besitzt wenig Humor, wenn es darum geht, Teigtäschchen zu formen. Ich soll konzentriert sein und da ich ihre einzige Schülerin an diesem Tag bin, wird jeder meiner Handgriffe streng bewacht. Bereits früh am Morgen hat mich einer ihrer Angestellten in die Breakfast Row in Shanghai begleitet, eine Straße, die nur in den frühen Morgenstunden belebt ist. Hierher kommt jeder, der am frühen Morgen noch eine Stärkung braucht. Und die besteht in der Regel aus Teigtaschen in allen Variationen, es dampft aus den kleinen Imbissen, wo die oft kunstvoll gestalteten Täschchen hergestellt werden. Dafür werden Tofu, Fleisch, Fisch oder Gemüse mit Teigblättern umhüllt und gegart. Man isst sie einfach so oder taucht sie in ein wenig schwarzen Essig. Gegen Mittag wirkt dieselbe Straße, die noch vor zwei Stunden brechend voll war, wie ausgestorben. Mein Begleiter hatte mir zur Einstimmung ein paar der Teigtaschen gekauft. Ich biss in den zarten, durchscheinenden Teig, der sich wie eine glatte Haut anfühlte, die Füllung breitete sich in meinem Mund aus, sie war würzig, fleischig und schmeckte ein bisschen nach Sternanis.

Ich liebe diese Teigtaschen, seit ich sie zum ersten Mal vor langer Zeit in New York in einem Restaurant in Chinatown gegessen habe. Dabei steht der Name *Dim Sum* nicht zwangsläufig nur für Teigtaschen, sondern auch für viele andere herzhafte Kleinigkeiten. Was sie verbindet, ist ihre mundgerechte Größe. Es gibt *Dim Sum* in vielen Varianten: frittiert, gedämpft, gebraten. Was das Selbermachen dieser kleinen Köstlichkeiten angeht, so hatte ich mich bisher meist auf die Teigblätter verlassen, die ich im japanischen Supermarkt bekam. Ich habe sie gefüllt, gebraten und gedämpft. Einen Preis hätte ich dafür nicht gewinnen können, denn allein die Falttechnik ist eine Kunst für sich. Doch da bekanntlich die inneren Werte zählen, war ich damit zufrieden. Genau das sollte sich heute nun

ändern. Ich würde in die Kunst des Teigtäschchenfaltens eingeweiht werden Und davor natürlich erst einmal in die Geheimnisse des Teigs. Der ist eigentlich ganz einfach, doch Judy, ich nannte sie im Stillen bereits Drachenkönigin, machte es mir vor und achtete genau darauf, dass ich das Weizenmehl zügig mit dem Wasser vermischte. Dabei sollte ich hauptsächlich mit den Fingerspitzen arbeiten und nicht grob kneten. Für mich fühlte sich das ein wenig so an, als würde ich den Teig nur kitzeln, vermutlich würde er gleich anfangen zu kichern. Ich musste bei dem Gedanken lachen, doch die Drachenkönigin fand das gar nicht lustig. Tatsächlich wurde der Teig weich und geschmeidig. Ich hatte gerade genug Zeit, die Mengen aufzuschreiben, da stellte Judy schon die rohen Garnelen vor mich hin. »Chop!« und machte eine Handbewegung, die mir andeutete, dass ich diese Garnelen fein hacken müsse. Gleiches sollte ich mit dem Ingwer, den Frühlingszwiebeln, der Möhre und dem Knoblauch tun. Das Hackfleisch war glücklicherweise bereits gehackt. Im Feinhacken bin ich echt gut und etwas in mir hoffte, dass ich Judy wenigstens ein zustimmendes Nicken abluchsen könnte, doch sie verfolgte nur mit strengem Blick meine Bewegungen.

Vermutlich unterrichtete Judy sonst nur die bestausgebildeten Köche, die mit dem Messer so umgehen konnten, wie ich es vermutlich auch nach jahrelanger Übung nicht schaffen würde. Während der Teig noch ruhte, sollte ich die Zutaten für die Füllung vermischen. Das war eine leichte Aufgabe. Schwieriger wurde es, als ich im nächsten Schritt mit einem kleinen Wellholz exakt runde Scheiben aus einem haselnussgroßen Stück Teig ausrollen sollte. Bei Judy sah das wie immer total einfach aus. Ein perfekter Kreis. Ich wiederholte diese Übung vermutlich dreißig Mal, bis die Drachenkönigin endlich der Meinung war, dass Größe und Dicke ihren Vorstellungen von einem perfekten Teigtäschchenteig entsprachen. Doch bevor ich mich darüber so richtig freuen konnte, folgte die nächste Lehre in Sachen Demut. Der Teig musste gefüllt und anmutig gefaltet werden. Zur Auswahl standen die Säckchenform oder der bildschöne Halbmond. Ich begann mit dem Säckchen. Judy machte es mehrmals langsam vor, dann sollte ich ihrem Vorbild folgen. Ich legte mir eine Scheibe Teig in die hohle Hand, setzte einen Löffel der Füllung darauf und begann, die Ränder anzuheben und gleichmäßig über der Füllung zu falten. Dies erfordert Geduld, denn der Teig ist so dünn, dass er leicht reißen kann. Doch dieses Mal hatte die Meisterin Mitleid mit mir und führte mit ihren Händen meine Bewegungen. Ich spürte ihre trockenen, weichen Finger, wie sie die meinen sanft bewegten. Trotzdem war mein Täschchen nicht so perfekt, nicht so schön, wie das ihre. Ich versuchte es nochmal und nochmal und dann noch etliche Male. Wir übten auch noch weitere Formen, aber ich war bereits glücklich, dass meine Säckchen einigermaßen formstabil geworden waren. Ich wollte nicht übermütig werden und bin ganz sicher: Würde ich das nun jeden Tag für die nächsten zwanzig Jahre weiter üben, dann könnte ich zu einer ernsthaften Konkurrenz für Judy heranwachsen.

Während meine Meisterin bereits die Dämpfkörbe aus Bambus vorbereitete, rührte ich schon mal ein wenig schwarzen Essig mit etwas Sojasauce und Chiliöl an. Gemeinsam setzten wir die Teigtäschchen in die Garkörbe und schoben diese anschließend in den Dämpfautomaten. Zuhause wäre dies allerdings einfach ein Topf mit kochendem Wasser, auf den der Dämpfkorb gestellt würde. Das Garen dauerte nur wenige Minuten, dann waren meine ersten Dim Sum, für die ich alles selbst gemacht hatte, fertig und ich durfte sie probieren. Sie waren herrlich weich geworden, samtig und würzig, einzig beim Thema Salz gingen die Vorstellungen meiner Lehrerin und die meinen doch ein wenig auseinander. Aber es war nicht das erste Mal, dass mir auffiel, wie sparsam man hier mit Salz umgeht. Und nun lächelte auch meine Drachenkönigin, denn offensichtlich hatte die Langnase beim Thema Teigtäschchen doch nicht völlig versagt. Ich für meinen Teil hatte an diesem Tag allerdings genug davon und entschloss mich zu einem längeren Spaziergang. Für den Abend hatte ich bereits andere kulinarische Pläne. Ich wollte den Shanghai-Ableger des spanischen Sternekochs Diego Guerrero besuchen, der dafür bekannt ist, seine Gerichte als eine Allianz asiatisch-europäischer Kochkunst zu inszenieren. Ich würde Vertrautes schmecken, garantiert genug Salz und vor allem spürte ich ein gewisses Verlangen nach einem Glas Wein. Dann könnte ich mich am nächsten oder übernächsten Tag auf der »Frühstücksstraße« wieder den frischen, gedämpften Teigtaschen zuwenden und wäre meiner Drachenkönigin dankbar für das, was ich bei ihr lernen durfte.

Ägypten, Kairo

MITTERNACHTS-GARNELEN AUF DEM NIL

Wir werden die Pyramiden sehen!«, rief meine Kollegin begeistert. Ich nickte, vermutlich lächelte ich sogar, aber nichts in der Welt interessierte mich momentan weniger, als die Pyramiden, die für mich lediglich am Stadtrand von Kairo stehen. Ich war zuvor noch nie nach Ägypten gereist, aber die Pyramiden und die Sphinx, die in der Realität erheblich kleiner wirkt, als die meisten – mich eingeschlossen – vermuten, sollten es nicht schaffen, mir die längst vergangene Zeit der Pharaonen näher zu bringen. Ich freute mich aus einem ganz anderen Grund auf Kairo: Ich freute mich auf *Ful Medammes,* gekochte und gewürzte Bohnen, die man im arabischen Raum gerne schon zum Frühstück isst. Und ich freute mich auf *Dukkah*, eine Gewürzmischung auf Basis von Nüssen, mit der man so ziemlich alles verfeinern kann. Aber das konnte ich meiner Kollegin nicht erklären. Sie würde nicht verstehen, dass ich einen Markt in Kairo allen Pyramiden dieser Welt vorgezogen hätte. Hinzu kam, dass wir nur für knapp vier Tage nach Kairo reisen sollten, und das beinhaltete bereits die An- und Abreise. Ein neuer Geschäftspartner hatte die Firma, für die ich arbeitete, eingeladen, unsere Software potenziellen Anwendern zu präsentieren. Es stellte sich schnell heraus, dass dieser neue Vertriebskontakt wohl über ein gutes Netzwerk verfügen musste, denn er hatte ein halbes Hotel gemietet, das allerdings noch nicht ganz fertiggestellt war. Wir sollten die ersten Gäste sein. Das wiederum klang ausgesprochen spannend.

Wir erreichten Kairo nach Einbruch der Dämmerung, die Stadt glitzerte und auf den Straßen war viel los. Das Hotel wirkte von außen schon fertig, die große Eingangshalle war perfekt eingerichtet, doch außer dem Personal war niemand sonst zu sehen. Mein Zimmer lag in einem der oberen Stockwerke, von wo aus man einen sagenhaften Blick über die Stadt hatte. Ich hatte ein riesiges, mit schwarzem Marmor ausgekleidetes Badezimmer, wo an manchen Ecken um die Badewanne noch ein bisschen Folie klebte. Am kommenden Tag sollten die Präsentationen stattfinden, meine Kollegen und ich hatten noch einiges vorzubereiten und so aßen wir nur rasch ein paar Sandwiches, welche die Küche für uns zubereitet hatte, und gingen früh schlafen. Während ich auf dem großen Bett lag, dachte ich daran, dass um mich herum eine unbekannte Metropole brodelte, gedämpft konnte ich den Verkehr wahrnehmen. Ich fühlte mich wie auf einer Weltraumstation, von der aus ich die Erde sehen konnte, es jedoch unmöglich erschien, diese zu erreichen und an ihrem Leben teilzuhaben. Direkt unter mir befand sich eine verheißungsvolle Stadt, doch ich starrte nur an die Decke und fühlte mich ausgeschlossen. Irgendwann schlief ich ein.

Am nächsten Vormittag warteten meine Kollegen und ich mit unserem neuen Partner auf die angekündigten Kunden in einem großen Tagungsraum, der mit einem dicken, roten, sehr neu riechenden Teppich ausgelegt war. Wie sich herausstellte, hatten die eingeladenen Kunden gleich ihre ganzen Familien mitgebracht. Alle waren sehr neugierig auf dieses neue Hotel – weniger auf das, was wir zu zeigen hatten. »Geschäfte«, meinte der Vertriebspartner zwinkernd, »werden nicht hier gemacht«. Wir gaben trotzdem unser Bestes, zeigten möglichst viele Bilder, um es unterhaltsamer zu machen. Doch bereits am frühen Nachmittag saßen wir mutterseelenallein herum. Das sei hervorragend gelaufen, freute sich unser neuer Partner. Wir sahen uns ein wenig ratlos an. Nun hätten wir ja Zeit für einige Sehenswürdigkeiten der Stadt, fügte er noch hinzu.

Es war klar, dass damit die Pyramiden gemeint waren. Also fuhren wir zu den Pyramiden. Ich gab mir Mühe, dem Weltwunder mit ehrfurchtsvollem Blick zu begegnen. Ich schnupperte in einen der dunklen Gänge, die ins Innere einer Pyramide führten, nur um zu wissen, dass ich niemals auch nur einen Schritt weitergehen wollte. Danach fuhren wir zum Goldmarkt, denn dorthin solle man nie ohne einen gewieften Einheimischen, sonst würde man überall nur übers Ohr gehauen, meinte unser Partner. Und der kundige Begleiter nahm seine Aufgabe auch ausgesprochen ernst: Kaum weilte mein Blick länger als zwei Sekunden auf einem Schmuckstück, machte er sich schon daran, den Preis auszuhandeln. Dabei wollte ich überhaupt keinen Schmuck kaufen. Ich trage wenig Schmuck und bin der Meinung, dass Silber besser zu mir passt als Gold, aber weil unser Begleiter so eifrig war, ließen wir uns das eine oder andere Stück zeigen. Meine Kollegin kaufte eine Kette. »Shukran, aber für mich ist leider nichts dabei«. Dass meine Ablehnung exakt die

falsche Strategie war, aus dieser Nummer wieder rauszukommen, war schnell klar. Je öfter ich dankend ablehnte, desto mehr fühlte sich unser Begleiter genötigt, uns auch noch in den nächsten und übernächsten Laden zu lotsen. Schließlich gab ich nach und kaufte wenigsten einen kleinen, schlichten Goldring. Zufrieden mit seiner Mission überließ er uns wieder der Obhut unseres Geschäftspartners, der in einem naheliegenden Café auf uns gewartet hatte. Mittlerweile war es dunkel geworden und für mich jetzt ein perfekter Zeitpunkt, die Pläne für das möglichst baldige Dinner zu besprechen. Unser Partner hatte dafür seine Einladung ausgesprochen. Eine spürbare Leere hatte sich inzwischen in meinem Magen breit gemacht. Höflich fragte ich, ob wir denn nun zum Essen fahren würden. Er lachte. 19 Uhr sei keine Zeit, zu der man in Kairo zum Essen gehe, meinte er. Er würde uns um 22 Uhr im Hotel abholen, denn wir wollten uns sicherlich noch frisch machen. Drei Stunden. Welcher Mensch isst um zehn Uhr zu Abend? Ich neige dazu zu vergessen, dass dies in heißen Ländern durchaus üblich ist. Aber noch volle drei Stunden? Selbst wenn ich mein schwarzes Marmorbad in ein Hammam verwandelte, würde es keine drei Stunden dauern, bis ich ausgehfertig wäre. Ich warf einen hoffnungsvollen Blick in die Minibar, nur um festzustellen, dass dort gähnende Leere herrschte. Klar, das Hotel war ja offiziell noch nicht eröffnet. Es half alles nichts. Ich musste warten. Immerhin war die Bar bereits in Betrieb und so schlugen wir die Zeit mit Nüssen und Cocktails tot. Es stellte sich heraus, dass 22 Uhr nur eine ungefähre Angabe sein sollte, denn als unser Mann endlich um 22^{30} Uhr auftauchte, schien es das Normalste der Welt zu sein und in seinem Verständnis absolut on time. Natürlich hatten sich weder mein Kopf noch mein Bauch von so ein paar pikanten Nüsschen davon abbringen lassen, vehement zu bekunden, dass sie nun doch beide mehr als bereit für eine ordentliche Nahrungsaufnahme seien. Doch wenn ich nur ansatzweise daran geglaubt hatte, das von ihm ausgewählte Restaurant läge um die Ecke, so sollte ich mich gründlich geirrt haben. Wir saßen in einem glücklicherweise klimatisierten Wagen – und fuhren und fuhren immer weiter. Gefühlt ging es einmal durch die ganze Stadt.

Als wir endlich einen Parkplatz am Ufer des Nils erreichten, war es bereits nach 23 Uhr. Dies sei mit Abstand eines der bestens Restaurants für Garnelen, meinte unser Mann stolz, es sei nicht fancy, sondern typisch und das Essen herausragend. Ich befand mich kurz vor der Kapitulation, man hätte mir in dieser Situation ein Fastfood-Restaurant als Gourmettempel verkaufen können. Er setzte uns an einen der Tische und machte sich auf, das Essen zu bestellen. Mir war klar, auch wenn ich noch so laut nach ein bisschen Brot winseln würde, wäre dies der falsche Ort für so etwas. Doch dann kam er zurück und hinter ihm ein Mann mit einer riesigen Platte gegrillter Shrimps. Allein ihr Duft brachte mich schier um den Verstand. Und dann nahm es kein Ende. Wir pulten, aßen, und immer neue Shrimps wurden aufgefahren. Man hätte jetzt denken können, dass es allein unserem kollektiven Hungergefühl geschuldet war, dass diese Garnelen wie die besten meines Lebens schmeckten. Aber selbst, als der erste Hunger gestillt war, konnte ich nicht damit aufhören. Sie waren so subtil gewürzt, mit Chili, Kreuzkümmel, Nelken und Ingwer, dass es unmöglich war genau zu bestimmten, was sie so verführerisch machte. Ihr Fleisch war knackig, sie waren ganz frisch und schmeckten angenehm süßlich, was ein großartiger Kontrast zu den Gewürzen war. Hinzu kam noch die Rauchnote des Grills. Nach und nach wurden uns noch verschiedene Beilagen auf den Tisch gestellt, es gab Tomatensalat, der unglaublich intensiv schmeckte. Auch Hummus war dabei, doch es waren die Garnelen, wegen denen wir vermutlich kurz vor einem Proteinschock standen. Dass ich dazu auf einem Boot auf dem Nil saß, dessen Wasser die Lichter der Stadt widerspiegelten, machte die ganze Szene perfekt.

Es war bereits weit nach Mitternacht, als wir das Lokal verließen. Doch jetzt sollte nach Meinung unseres Gastgebers der Abend erst so richtig beginnen, denn nun sei ein guter Zeitpunkt, die Nacht mit ein paar Drinks und etwas Musik ausklingen zu lassen. Und warum auch immer, war tatsächlich keiner von uns müde, lediglich die große Menge an Garnelen dämpfte unsere Unternehmungslust ein wenig, und so fuhren wir in eine schummrige Bar, tranken weiter, lachten und ließen uns von einer Live-Band unterhalten. Kurz vor vier setzte uns der Chauffeur wieder an unserem Hotel ab. Es würde eine kurze Nacht werden, bereits mittags mussten wir wieder am Flughafen sein. Von Kairo hatte ich so gut wie nichts gesehen, aber ich hatte die besten Garnelen meines Lebens gegessen. Ihr Geschmack geistert nach vielen Jahren immer noch durch meinen Kopf. Ich würde gerne noch einmal hinfliegen, allein wegen dieser Garnelen, doch wie sich herausstellen sollte, war unser neuer ägyptischer Kontakt doch nicht so talentiert im Anbahnen von Geschäften. Einige Zeit später brach die Zusammenarbeit leider ab. Ich erfuhr erst im Nachhinein davon und so konnte ich nicht mehr in Erfahrung bringen, wie ich dieses Restaurant jemals hätte wieder finden können.

Schottland, Tain

HAGGIS, MY LOVE!

Die Küste der schottischen Highlands duftete für mich nach Kokos und Salz. Doch Moment, ich muss hier etwas weiter ausholen. Das Ganze beginnt nicht an der Küste von Tain im schottischen Hochland, sondern bereits früher. Viel früher. Es war in den 1990er Jahren in Berlin. Ich lehnte an der Bar, irgendeiner Bar in Kreuzberg, wo es voll und stickig war, und nippte an einem Glas Bourbon. Nicht, dass er mir wirklich geschmeckt hätte, aber ich hatte Lust darauf, ich wollte cool wirken und eigentlich war es sowieso egal, ob man Whisky oder Wodka trank, Hauptsache, es ging schnell ins Blut. Ein Typ, den ich bereits ein paar Mal beim Ausgehen gesehen hatte – mittlerweile nickten wir uns kurz zu –, stand plötzlich neben mir und schaute auf mein Glas. »Was trinkst du?«, wollte er wissen. »Bourbon«, antwortete ich. »Warum tust du das?«, fragte er und schaute mir direkt in die Augen. Ich war irritiert. Warum sollte ich nicht einfach einen Bourbon trinken und überhaupt, was geht das dich an, schoss es mir durch den Kopf. Aber weil er das nicht annähernd blöd und arrogant gesagt hatte, schaute ich ihn nur fragend an. »Ich meine«, und er schaute mir noch immer direkt in die Augen, »wenn du schon Whisky trinkst, warum trinkst du dann nicht einen ordentlichen Whisky?« An dieser Stelle hätte ich jetzt wahrheitsgemäß antworten sollen, dass ich nicht die geringste Ahnung habe, was ein ordentlicher Whisky ist. Weil ich das aber in dieser Situation niemals zugegeben hätte, schaute ich nur auf mein Glas. Dann erwiderte ich seinen Blick. »Schlag doch was Besseres vor!« Er nickte und bestellte zwei Gläser schottischen Malt. Die Flasche sah nobel aus. »Das ist ein Macallan, der ist 12 Jahre alt, probier' den mal …« und schob mit der anderen Hand mein Glas beiseite. Neugierig nahm ich das neue Glas in die Hand. Und, das muss ich an dieser Stelle zugeben, weil die ganze Situation an sich bereits recht anregend war, durchfuhr mich allein schon beim

Geruch ein Kribbeln. Trotz des allgegenwärtigen Qualms, damals durfte man ja noch überall rauchen, und sonstiger Ausdünstungen, kroch da ein salziger, erdiger und ein bisschen an Autoreifen erinnernder Duft in meine Nase. Ich probierte einen Schluck. Das Zeug war wirklich um Längen besser als mein Bourbon.

Im Nachhinein kann ich sagen, dass dieser Abend einen Wendepunkt in meinem Trinkverhalten einläutete, denn wann immer sich mir daraufhin die Gelegenheit bot, probierte ich einen neuen Whisky aus. Ich lernte die verschiedenen irischen Whiskeys kennen, probierte mich durch die schottischen High- und Lowlands, kostete jede einzelne Insel bis hoch zu den Shetlands. Ich lernte, was Fassstärke ist, wie man das edle Getränk richtig verdünnt und tröpfchenweise Wasser hinzufügt und wenn mich ein Barkeeper fragte, ob ich meinen Whisky on the rocks wolle, erntete er für diese Frage stets nur einen strafenden Blick. Ich wurde zu einer Kennerin. Und je mehr ich über Whisky lernte, desto größer wurde mein Wunsch, in die schottischen Highlands zu reisen. Ich fühlte mich zur schroffen Schönheit dieses Landes hingezogen und wollte sehen, wie dort Whisky gemacht wird. Das allein wäre Grund genug, hinzufahren. Kulinarisch hegte ich wenig Hoffnungen. Ich hatte bereits über das berühmte Gericht *Haggis* gelesen, ein mit Innereien und Hafermehl gefüllter Schafsmagen, und ich verspürte keine große Lust, das näher kennenzulernen.

Ich flog nach Edinburgh, setzte mich dort in den Zug nach Inverness und fuhr weiter nach Tain, an der Küste des Dornoch Firth. Ich wohnte auf einem hübschen Anwesen, umgeben von Feldern mit Sommergerste – wenige Zimmer und Blick aufs Meer. Es gab einen Salon, in dem nachmittags Tea und Sandwiches serviert wurden. Und es gab ausreichend Whisky, denn das Hotel gehört zu einer der größten Brennereien der Region. In diesem kleinen

Haus ging es recht familiär zu. Hier gab es kein Restaurant mit einzelnen Tischen, sondern einen Salon fürs Dinner und einen fürs Frühstück, in dem immer gemeinsam an einer großen Tafel gegessen wurde.

Gleich am ersten Abend lernte ich Küchenchef Peter kennen. Ich lobte ihn für seine ausgezeichneten Jakobsmuscheln und so kamen wir ins Gespräch. Er lud mich ein, ihn am übernächsten Tag an den Strand zum Schneckensammeln zu begleiten. Vorher, schlug er vor, könne ich ja die Brennerei besuchen und dann am Tag darauf mit ihm Winkles, Strandschnecken, fürs Abendessen sammeln. Das klang nach einer großartigen Idee. Am nächsten Morgen regnete es. Billy, der Fahrer des Hotels, holte mich ab, um mich zur Brennerei zu fahren. Er musste lachen, als ich ihn am Rand einer Weide bat, doch kurz anzuhalten, damit ich eines der prächtigen Galloways fotografieren konnte. Eine kleine Gruppe der Rinder stand in einiger Entfernung. Ich zögerte. Ich wusste wenig über diese Tiere und wie sie darauf reagierten, wenn man ihnen zu nahe käme. »Das ist schon ok«, ermunterte mich der alte Billy und winkte, als wollte er mich vorwärtstreiben. Ich stieg über den Zaun und lief ruhig auf die Rinder zu. Noch immer hatte ich ein etwas mulmiges Gefühl, doch die Tiere standen nur da und glotzten mich an, wie ich im strömenden Regen ohne Gummistiefel durch den Matsch watete. Geduldig kauend ließ sich der Boss der Herde von mir fotografieren. Ich stand keine zehn Meter von ihm entfernt und er ließ es einfach geschehen. Er gab mir nicht das Gefühl, ihn zu stören. Ich hüpfte durchs Gras, um den Dreck an meinen Schuhen wieder los zu werden, doch Billy winkte nur ab. »Macht nichts, das ist hier halt so«, meinte er und lachte. Während wir übers Land und durch die Dörfer fuhren erzählte er mir von seiner Whiskysammlung, die er zuhause hatte. Überhaupt wusste er so unglaublich viel über Whisky, dass ich mir vorkam wie

WHI
SKY

eine Stümperin. Ich, die seit mehr als 20 Jahren Whisky trank und sich einbildete, mehr als der Durchschnitt darüber zu wissen, sank immer tiefer in den Sitz und lauschte gebannt. Dann kamen wir irgendwie auf das Thema *Haggis*. *Haggis* sei etwas Großartiges, schwärmte er. Jedes Jahr gäbe es eine nationale Meisterschaft unter den Metzgern, wer den besten *Haggis* mache und der Gewinner aus dem letzten oder vorletzten Jahr, da war er sich nicht mehr so sicher, käme ganz aus der Nähe. Zwei Ortschaften weiter, meinte er und lächelte stolz. »Du musst das unbedingt probieren!« Ich versprach ihm, dass ich das tun würde. Als er mich nach dem Besuch in der Brennerei wieder abholte, mittlerweile schien die Sonne, wirkte er hocherfreut, als er mich mit meiner Tüte und den zwei Flaschen darin stehen sah. Ich hatte eingekauft und zeigte ihm meine Beute. Er schien zufrieden mit mir. Wir fuhren zurück ins Landhaus. Es war Zeit für Tee und *Scones*.

Am nächsten Morgen, nach einem üppigen Frühstück, das aus einem *Scottish Scone* mit *Black Pudding* bestand, der unter einer nicht unerheblichen Menge Hollandaise meinen Tagesbedarf an Kalorien vermutlich zu mehr als der Hälfte deckte, erzählte ich Küchenchef Peter davon, dass Billy mich überzeugt habe, unbedingt *Haggis* zu probieren. »Kein Problem«, meinte er. »Das habe ich sowieso für morgen Abend geplant.« Wir liefen hinunter zum Strand, dank des *Scottish Scone* bewegte ich mich alles andere als leichtfüßig über die Steine. Das war mir aber egal, denn spätestens jetzt hatte ich beschlossen, mich ganz und gar auf Schottland und seine Küche einzulassen. Ich atmete die salzige Luft, half allerdings nur mit bescheidenem Elan beim Schneckensammeln, was jedoch nicht an meinem schottischen Frühstück, sondern eher daran lag, dass die Steine, zwischen denen man die kleinen Schalentiere finden konnte, ausgesprochen glitschig waren. Doch ich genoss die Zeit am Strand, die Weite des Meeres, den Geruch des Seetangs und den kokosartigen Duft des Stechginsters, der hier überall an der Küste leuchtend gelb blühte. Ich hatte mir die schottische Küste nicht so blühend vorgestellt. Und schon gar nicht, dass es hier nach Kokos duftet. Es war berauschend.

Mit einem Eimer voller Schnecken liefen wir zurück in die Küche. Dort mussten sie nun einige Stunden in kräftigem Salzwasser gereinigt werden. »Dann scheiden die alles aus, was wir nicht im Essen wollen«, meinte Peter lachend. Ich durfte ihm ein wenig zur Hand gehen, während er das Abendessen vorbereitete. Zumindest so lange, bis der Tee serviert wurde. Diese neue Tradition wollte ich auf gar keinen Fall verpassen. Am Abend, nach dem Dinner, wurde im Salon der Kamin angezündet und natürlich gab es dazu ein Glas Whisky. Es war das vollendete Highland-Gefühl. Am folgenden Tag fuhr ich zum Loch Ness. Ich und Hundertschaften asiatischer Touristen drängten sich in die Boote, die nach Urquhart Castle übersetzten, einer alten Ruine, die an sich ganz hübsch wäre, wären da nicht diese Menschenmassen. Ich habe mir angewöhnt, in solchen Situationen wie durch eine Kamera zu schauen und nur den Ausschnitt zu wählen, der mir gefällt. Und so blendete ich die Massen um mich herum einfach aus. Ich hatte mich darauf gefreut, wieder mit Billy unterwegs zu sein und über Whisky zu sprechen. Ob ich denn jetzt schon *Haggis* probiert habe, wollte er wissen. Ich verneinte und verwies auf den kommenden Abend. Herz, Leber, Lunge, Nierenfett vom Schaf, Zwiebeln und Hafermehl in einem Schafsmagen. Ein bisschen grauste es mir davor. Und dann war der Moment gekommen, als Küchenchef Peter uns den leicht golden glänzenden, annähernd kugeligen *Haggis* präsentierte, der aussah wie eine Mischung aus Kunst von Jeff Koons und einer gigantischen Leberwurst. Mit wurde schnell bewusst, dass es an diesem Abend nicht nur für mich eine *Haggis*-Premiere sein würde. Der Magen wurde aufgeschnitten und gab den Blick auf das Innere frei. Auch innen ähnelt er einer Leberwurst, dachte ich und griff beherzt zu. Ich wusste nicht, was ich hätte erwarten sollen, aber nach dem ersten Bissen war mir bereits klar: Ich liebe *Haggis!* Er war würzig, geradezu auf einfache Weise raffiniert abgeschmeckt, hatte eine leichte Konsistenz und war trotzdem eine Wucht. Der Geschmack der Leber korrespondierte elegant mit dem Fett, ich schmeckte den frisch gemahlenen Pfeffer und noch mehr Gewürze, die ich jedoch nicht einordnen konnte. Dazu wurden traditionell *Neeps and Tatties* (Steckrüben und Kartoffeln) gereicht. Zwei Mal holte ich mir einen Nachschlag, so überragend fand ich diese Kombination aus allem, was normalerweise nicht an erster Stelle auf meinem Speisezettel steht. Das Essen, die wunderbare Luft, die raue Landschaft – und überhaupt konnte ich nun endlich verstehen, was der schottische Kochbuchautor Paul Harris in einem seiner Bücher als Einleitung zum Rezept für *Haggis* schreibt: »The following recipe is not for the weak of constitution!« Das folgende Rezept ist nichts für Zartbesaitete!

USA, Seattle

SCHWARZER HEILBUTT UND BEBENDE ERDE

An meinem ersten Morgen in Seattle starre ich in meinem Hotelzimmer hellwach auf das grellgrün leuchtende Display des Weckers neben meinem Bett. Mein Biorhythmus weigert sich hartnäckig, dem Zeitunterschied auch nur eine Minute zuzugestehen. Und bei neun Stunden zwischen München und Seattle ist ein Wecker wie ein schlechter Witz, denn die Wahrscheinlichkeit zu verschlafen, geht gegen Null. In diesen frühen Morgenstunden, wo alles um mich herum in tiefer Stille und Dunkelheit ist, dehnt sich die Nacht unerbittlich aus. Ich starre an die Decke, stundenlang, so kommt es mir vor. Doch dann schaue ich wieder auf die Uhr: Sieben Minuten sind vergangen. Das Echo der grünen Leuchtschrift bleibt auf meiner Netzhaut haften, ich schließe die Augen und es ist immer noch da, dieses Mal in Komplementärfarbe, und verändert sich nicht. Die Zeit verstreicht langsamer, weil mein Auge sie festhält. Ich lege ein Kissen über den Wecker, doch es ist sinnlos. Es wird noch Stunden dauern bis zum Sonnenaufgang.

Dann, endlich, dringt ein heller werdendes Licht durch den Vorhang. Seattle sei die Stadt, in der es andauernd regne, heißt es, doch davon ist an diesem Morgen nichts zu sehen. Die Luft und der Himmel sind klar. Draußen auf dem Parkplatz vor dem Hotel riecht es nach einer klebrigen Mischung aus Karamell und Kaffee und als ich mich in meinen Mietwagen setze, um in Richtung des Boeing Airfields zu fahren, geht hinter den Bergen des Olympic National Parks die Sonne auf. Die Kuppen der schneebedeckten Berge reflektieren das Blau des Morgenhimmels und sehen so frisch und überwältigend aus, als wären sie aus Pfefferminzeis. Auf der gegenüberliegenden Seite wird die Spitze des Mount Rainier in der aufgehenden Sonne angestrahlt. Es ist ein wunderschöner Morgen. Ich plane, nach Vancouver hoch zu fahren, doch erst einmal werde ich die kommenden Tage hier verbringen.

Am dritten Abend bin ich mit Freunden auf dem Pike Place Fish Market verabredet. Den dürfe ich mir nicht entgehen lassen, meinen sie, denn wo, wenn nicht hier, gäbe es sagenhaft guten Fisch. Langsam beginnt mein Körper, sich mit den neuen Essenszeiten anzufreunden. Es fühlt sich nun nicht mehr so an, als wäre ich gezwungen, mitten in der Nacht zu essen. »Probier' den Schwarzen Heilbutt«, meinen sie. Der sei jetzt gerade besonders gut. Ich habe bis dahin noch nie von einem *Schwarzen Heilbutt* gehört und wie immer, wenn das Wort »Schwarz« in einem Namen auftaucht, schwingt für mich etwas Geheimnisvolles mit. Ich bestelle also den *Schwarzen Heilbutt.* Er wird mit *Beurre Blanc,* schwarzen Linsen und blanchiertem Spinat serviert. Auf der tatsächlich recht dunklen Hautseite ist der Fisch kurz angebraten und knapp gegart. Ich probiere ihn und richtig: Das ist tatsächlich der beste Fisch, den ich seit langem gegessen habe! Sein Fleisch ist fest und so frisch, dass es fast süß schmeckt. Wechselweise dominieren Meersalz und eine beinahe fruchtige Süße in meinem Mund. Da ist etwas Sattes, Fettiges, das diesen Geschmack prägt. In diesem Moment ist alles um mich herum ausgeblendet. Keine lebhafte Konversation mehr, kein Markttreiben und keine Menschen im Happy-Hour-Modus. Nur der Fisch und ich sind noch da. Wir treiben zusammen auf dieser Genussscholle über den Geräuschen. Mit jedem Bissen wiederholt es sich. Ich denke wieder an die schneebedeckten Gipfel der Berge, die Kühle der Luft, den Anblick des fernen Mount Rainier im Morgennebel und tauche erst wieder aus diesen Bildern auf, als mein Teller leer ist. »Ja«, sage ich, »das hat sich wirklich gelohnt, dass wir hierhergekommen sind.«, und drei Augenpaare lächeln mich zufrieden an. »Würde ich an eurer Stelle hier leben, ich würde jede Woche hierherkommen um Fisch zu essen.« Sie lachen. »Es ist wie mit allem«, meint meine Bekannte, »was man direkt vor der Tür hat, verliert seine

Magie und Anziehungskraft.« Wie um dies zu bestätigen, erzähle ich ihr von den Freunden und Bekannten in aller Welt, die sich wünschen, dass ich ihnen Münchner Weißwürste mitbringe, wenn ich sie besuche. Ich esse vermutlich so oft Weißwürste, wie die Menschen in Seattle auf diesem Fischmarkt, der zu Recht als einer der beeindruckendsten Fischmärkte der Welt gilt, *Schwarzen Heilbutt* essen. Wenige Male im Jahr. Mehr nicht.

Der Eindruck, den dieser Fisch hinterlassen hat, wirkt über die nächsten Tage nach. Ich versuche, nochmal ein Treffen zu organisieren, doch es sollte nicht klappen. Stattdessen fahre ich hoch nach Vancouver, nachdem mich ein »Mountie« in seiner leuchtend roten Uniformjacke freundlich über die Grenze winkte. Ich schlendere durch die Innenstadt und entdecke das Chinesische Viertel, wo es an jeder Ecke wunderbar duftet. Ich bleibe nur ein paar Stunden, dann fahre ich wieder zurück nach Seattle.

Es regnet noch immer nicht. Seit nunmehr einer Woche herrscht strahlender Sonnenschein. Der Zeitpunkt meiner Rückreise rückt näher. Am Morgen meines letzten Tages, die Maschine ist für den späten Abend geplant, besuche ich ein letztes Mal die Firma, für die ich während meines Aufenthalts gearbeitet habe. Wir müssen noch einiges besprechen, welche Arbeit ich mitnehmen muss und welche Aufgaben dringend noch vor Ort gelöst werden müssen. Und so registriere ich nur am Rande meines Gesichtsfelds, dass plötzlich der Boden anfängt zu vibrieren. Ein Blumentopf aus einem Regal kracht neben mir auf den Schreibtisch. »Schnell! Du musst unter den Tisch!«, schreit eine Frau und zerrt an meinem Ärmel. Ich kann mit dieser Information in dem Moment nichts anfangen und bin wie gelähmt. Das Beben hält immer noch an. Wie ferngesteuert begebe ich mich in eine gebückte Haltung, werde von irgendwelchen Händen weiter nach unten gezogen. »Alle raus dem Gebäude«, ertönt eine Durchsage.

Glücklicherweise bin ich im Erdgeschoss, bis zur Tür ist es nicht weit und ich taste mich an den Bürotischen entlang, um nach draußen zu gelangen. Auf dem Parkplatz stehen bereits viele Menschen. Entsetztes Schweigen. Auch die Natur hält den Atem an. Das ist das Erste, was ich in diesem Moment wahrnehme, diese Stille. Als habe sich eine Kuppel über uns gelegt. Kein Vogel singt. Die hohen Pappeln vor dem Gebäude wiegen sich synchron in einem merkwürdigen Rhythmus hin und her. Ich kann nicht aufhören, diesen Bewegungen zu folgen. Auch ich bemerke diese Schwingungen in mir aber es fühlt sich eher an wie ein aus dem Takt geratenes Uhrwerk. Erst langsam, aus einer Tiefe, die mein Verstand nicht so recht einordnen kann, gelange ich wieder an die Oberfläche und nehme meine Umgebung wahr. Jeder um mich herum versucht verzweifelt, seine Familie, Freunde und Verwandten zu erreichen. Das Netz ist zusammengebrochen. Am Himmel, wo normalerweise in regelmäßigen Abständen ein Flugzeug nach dem anderen den nicht weit entfernten Flughafen im Landeanflug ansteuert, ist plötzlich keines mehr zu sehen. Der Himmel ist komplett leer.

Wir warten noch weitere zwei Stunden im Freien, die meisten haben sich auf den Weg nach Hause gemacht, jeder ist verunsichert, ob er das, was sein Zuhause ist, noch im gleichen Zustand wie vor einigen Stunden vorfinden wird. Bei meinem Versuch, mit dem Flughafen zu telefonieren, habe ich kein Glück. Nach einer Weile trauen wir uns wieder ins Büro, ich suche im Internet nach Informationen, doch auch hier erfahre ich nichts. »Fahr hin«, rät man mir. Eine andere Möglichkeit habe ich ohnehin nicht. Ich fahre zum Flughafen, obwohl ich Stunden zu früh dran bin. Die Straßen sind voll, es geht kaum voran. Jeder will jetzt irgendwo hin, ich will nur noch nach Hause. Die Zufahrt zum Flughafen ist offen. Das ist schon mal ein gutes Zeichen. Ich entscheide mich, meinen Mietwagen noch nicht zurückzugeben, und fahre direkt zum Terminal. Ich parke, lasse alles im Wagen und haste an den nächsten Schalter. »Geht der Flug über Kopenhagen nach München?« Die Dame an der Information lächelt mich an. »Aber sicher«, sagt sie. Ich erfahre, dass nur eine der beiden Landebahnen während des Erdbebens beschädigt wurde. Ich hatte mich bereits darauf eingestellt, eine weitere Nacht in einem Hotel in der Nähe des Flughafens zu verbringen, doch in diesem Moment fällt ein riesiger Teil der Spannung von mir ab. Ich gebe den Mietwagen zurück, checke ein und verbringe die nächsten Stunden im Wartebereich der Abflughalle. Als wir in Kopenhagen landen, empfängt uns eine Gruppe Reporter. Wir sind die Ersten, die nach dem Erdbeben ankommen. In diesem Moment hätte ich lieber über den Schwarzen Heilbutt als über die letzten vierundzwanzig Stunden gesprochen. Aber beides ist für mich jetzt untrennbar miteinander verbunden.

Österreich, Bregenzer Wald

ALMWIESENGLÜCK FÜR NICHT-WANDERER UND EPISCHE KÄSKNÖPFLE

Wie riecht eine Almwiese im Frühsommer? Wie hört sie sich an? Genau das versuche ich mir gerade vorzustellen. Ich denke an Butterblumen, Schachtelhalm, Enzian und an leuchtendlila Flockenblumen. An die Bergspitzen um mich herum, teilweise noch schneebedeckt, an Hochalmen, auf denen die Kühe noch nicht gegrast haben, und eben jene Almwiesen, auf denen Tausende von Blumen und Gräsern wachsen und blühen. Eigenartigerweise erinnere ich mich in erster Linie an den Geruch der Sonne. Sie hat keinen wirklichen Geruch, aber ich glaube, sie erzeugt bei allem, worauf ihr Licht fällt, einen besonderen Duft. So wie Haut im Winter anders riecht, als nach einem Sommertag. Die Luft auf dieser Almwiese im Bregenzer Wald, hier oben auf dem Vorsäß, wie die zweite Höhenstufe heißt, bevor die Tiere ab Juli auf die Hochalm getrieben werden, wo sie bis zum Herbst verbleiben, duftet wie ein milder Tee, sie riecht nach goldenen und grünen Blättern, in die sich von Zeit zu Zeit feuchte Erde und Kuhfladen mischen.

Es ist lange her, dass ich das letzte Mal im Sommer in den Bergen war. Selbst wenn es einen kleinen Teil in mir gegeben hätte, der sich nach blühenden Almwiesen sehnte, waren es doch immer die Erinnerungen aus der Kindheit, die mich davor zurückschrecken ließen, tatsächlich hinzufahren und hochzusteigen. Ich wurde als Kind oft im Sommer in ein Feriencamp zum Wandern in die Schweiz geschickt. Was sich für viele verlockend anhören mag, war für mich kein sonderliches Vergnügen. Ich hasste es, dieses Wandern. Einzig die Käsereien und Blumenwiesen waren schon damals das bei weitem Interessanteste an dem ganzen Unterfangen. Stets hoffte ich bis zum Ende der Sommerferien, nie wieder dorthin fahren und einen Berg hochlaufen zu müssen. Hätte man mich gleich bei einem der Sennen und seiner Käserei abgesetzt, wäre ich glücklicher gewesen.

Und doch fuhr ich in den Bregenzer Wald, tief hinein in das Tal und hoch auf den Berg. Dort oben, wo sie noch Käse aus echter Heumilch machen, stand ich einfach nur da und versuchte, alles um mich herum zu streicheln. Die Blumen, die Kühe, sogar die Luft. Ich sammelte ein paar schöne Gräser, lief einen Rundweg entlang, setzte mich auf einen steinernen Brunnen und plätscherte mit dem Wasser, lief ein paar Meter weiter, doch dann stolperte ich, fiel der Länge nach hin, meine Sonnenbrille flog im hohen Bogen davon und das war es dann wieder mit dem Wandern in luftigen Höhen. Ich war auf einem Stein umgeknickt, mein Knöchel schmerzte und so suchte ich die nächste Bank und tupfte meinen aufgeschürften Ellbogen ab. Es tat mir leid für all das Wunderbare um mich herum, das nichts dafür konnte, dass ich und das Wandern nicht füreinander geschaffen sind. Damit war klar – es hatte sich seit den Kindheitstagen in der Schweiz nicht viel geändert. Während ich auf dieser Bank saß, liefen immer wieder Wanderer an mir vorbei, grüßten freundlich, wie man das beim Wandern so macht, und ich grüßte zurück. Etwas in mir fühlte sich gekränkt darüber, dass mir diese Leidenschaft vorenthalten geblieben war. Ich sammelte meine Gräser ein und lief etwas beleidigt zurück zur Sennhütte, wo es einen kleinen Hofladen gab. Der Anblick von frischem Käse tröstete mich darüber hinweg, dass ich nicht stundenlang dem Rundweg am Berg gefolgt war. Ich kostete von dem gereiften *Heumilchkäse* und da kam mir der Gedanke, dass es vielleicht unterschiedliche Wege geben sollte, wie das Glück dieser Natur, der Wiesen und der Luft zu mir finden sollte. Diese Überlegung tröstete mich. Dann eben nicht in Wanderschuhen, sondern in Form von Käse, der würzig war und dieses Aroma hatte, das mich an Artischocken, Nadelholz und Butter erinnerte. Ich stellte mir vor, wie ich aus der frischen Milch festen Quark machen würde, um ihn dann über Heu zu räuchern (zu-

gegeben: ich werde da gerne bei meinen Vorstellungen ein wenig übermütig). Ich kaufte besonders viel Käse, sorgte für einen ordentlichen Umsatz in der Senner-Kasse und verließ den Laden sehr zufrieden.

Neben der Sennerei gab es ein Gasthaus. Die Terrasse war voller Menschen, die ihr Gesicht der Höhensonne entgegenreckten, die wenigsten schienen hierher gewandert zu sein, das konnte man an ihren Schuhen erkennen. Vielmehr hatten sie das Auto auf dem etwas entfernten Parkplatz abgestellt und vor den meisten von ihnen stand ein kleiner Holzbottich, der meine Neugier weckte. Gepse nennt man die hölzernen Servierschalen hier, wie ich kurze Zeit später erfahren sollte. In diesem Gasthaus gäbe es die besten *Käsknöpfle* der Gegend, hieß es. Anders als die Spätzle, die meist geschabt werden und länglich sind, sind die *Knöpfle* eher kurz und knubbelig. Und obwohl ich zwar immer noch das Gefühl hatte, sie mir nicht gerade durch körperliche Betätigung, sprich Wandern, verdient zu haben, fühlte ich mich von diesen urigen Holzbottichen angezogen, die sich bei genauerer Betrachtung, als die Gefäße für besagte *Käsknöpfle* entpuppten. Ich fand einen Platz im Schatten, was mir gut gefiel, denn nach einer Weile wäre es mir in der Sonne zu heiß geworden. Ich bestellte mir eine hausgemachte Kräuterlimonade und atmete den Geruch des geschmolzenen Käses, der sich wie eine dünne Schicht über die ganze Terrasse gelegt hatte, ein. Ich konnte die gerösteten Zwiebeln darauf schon auf meiner Zunge spüren. Und während ich voller Vorfreude beobachtete, wie eine Gepse nach der anderen ins Freie getragen wurde, kulminierte der Tag genau in diesem einen Moment: Die majestätischen Berge, der blaue Himmel, das Gebimmel der Kuhglocken und die lustvolle Vorfreude auf die *Käsknöpfle*. Kompakter und kleiner als die vielleicht bekannteren, geschabten Spätzle, serviert man hier die *Knöpfle* eingebettet in den sahnigen, würzigen Käse, der ein Haus weiter in der Sennerei produziert wird, und bedeckt von knusprigen, frisch gerösteten Zwiebeln.

Als endlich meine Gepse mit den *Käsknöpfle* vor mir stand, konnte ich es kaum erwarten, davon zu kosten, nahm einen Löffel und schaufelte mir einige auf meinen Teller. Der Käse zog herrlich lange Fäden und trotz der Wärme wurde ich kurz in ihren Dampf eingehüllt. Dieses Gericht war ja nun eher nichts Neues für mich, ich hatte es viele Male gegessen: Auf Hütten, in Restaurants, sogar an einem Food Truck auf einem hippen Streetfoodmarkt in München. Teigwaren mit Käse scheint jeder zu lieben. Trotzdem steht und fällt alles an diesem Gericht mit dem Käse und der Konsistenz der Teigwaren. Der Küchenchef eines vorzüglichen Restaurants in einem Hotel berichtete mir einmal von einem internationalen Austausch.

Man sei in das Schwesterrestaurant nach Manila gereist, um dort die philippinische Küche zu entdecken und im Gegenzug den philippinischen Köchen und ihren Gästen etwas aus der Heimat zu präsentieren. Das, was einschlug wie eine Bombe, waren Käsespätzle. Nach denen waren alle verrückt. Als ich die Geschichte hörte, stellte ich mir vor, wie das wohl gewesen sein mochte, im heißen Manila Käsespätzle zu essen.

Ich nahm den ersten Bissen. Das erste, was mich beeindruckte, war eine perfekte Textur der *Knöpfle*. Sie waren weder zu weich noch zu fest, nicht mehlig, sondern schmeckten nach frischen Eiern und besaßen eine luftige Konsistenz. Erst dann rückte der samtige Käse in den Vordergrund. Auch er schien ein wenig schwerelos und hatte nichts mit den klumpigen Versionen zu tun, die mir in der Vergangenheit schon untergekommen waren. Diese *Käsknöpfle* waren himmlisch. Ich spürte die Blicke meiner Tischnachbarn, die aufmerksam verfolgten, wie ich und diese *Käsknöpfle* uns kennenlernten. Und sie nickten wissend, als ich sie anstrahlte. »Wir kommen immer wieder hierher, weil die so gut sind«, schwärmte eine Dame in einer karierten Wanderbluse. Ich hatte den Mund voll und so rollte ich nur verzückt die Augen, um ihr meine Zustimmung zu signalisieren. Wohlgemerkt ist diese Speise weit davon entfernt, als leichtes Sommeressen durchzugehen, doch schien das hier niemanden zu kümmern. Sie waren fast alle nur wegen dieses Gerichts hier. Manche als hungrige Wanderer, der Rest war einfach nur ebenso genussbesessen wie ich. Ich fühlte mich versöhnt. Mit allem.

Peru, Lima

IM RAUSCH DER STERNE

Die ersten japanischen Einwanderer erreichten Peru am 3. April 1899 mit dem Schiff Sakura Maru. Sie waren Vertragsbauern und hatten ihre Heimat verlassen, um ein besseres Leben zu beginnen. Und es kamen noch viele nach ihnen. Hungersnöte und die Nachkriegszeit trieben die Menschen ins Exil, und die meisten blieben dann auch in ihrer neuen Heimat. So entstand die heute zweitgrößte Bevölkerungsgruppe japanischer Abstammung in Südamerika, nur in Brasilien leben noch mehr. Deren kulinarische Kultur hatte und hat einen immensen Einfluss auf die Cocina nikkei, eine der Küchen Perus. Zum ersten Mal erfuhr ich davon in einer Fernsehreportage eines deutschen Kultursenders. Gebannt verfolgte ich, dass nicht nur die Nikkei-Küche, sondern auch einige herausragende Küchenchefs in Lima die dortige Küche auf ein ganz neues Level hoben. Ich war elektrisiert. Nur fliegt man nicht mal eben 11.000 Kilometer, um essen zu gehen. Ich musste auf die passende Gelegenheit warten, bis ich zumindest südamerikanischen Boden unter mir haben sollte. Zwei Jahre vergingen, in denen ich aufmerksam die Entwicklung der Gastro-Szene Limas verfolgte. Dann war sie da, die Chance. Ich musste beruflich nach Brasilien. Von dort aus wären es nur etwa vier Stunden Flug bis Lima. Ich würde nicht viel Zeit haben, nur fünf Tage, aber diese sollten so voller Eindrücke sein, dass ich bis heute davon zehre. Auf keine Reise hatte ich mich so genau vorbereitet, wie auf diese nach Lima. Central, Malabar, IK, Astrid & Gastón sowie ámaZ waren die Restaurants, die ich ausgewählt hatte und deren Namen in meinem Mund wie feine Pralinen zergingen. Der Preis eines vollen Degustationsmenüs (meist mehr als 10 Gänge) liegt bei rund 100,– bis 150,– Euro. Gut verdienende Europäer können sich das während eines Aufenthalts sicherlich auch mehrmals leisten. Für die Menschen vor Ort entspricht das allerdings etwa einem gesamten Monatslohn. Dennoch – was ich dafür erleben sollte, hat mich so nachhaltig begeistert, dass ich Lima bis heute als kulinarisch aufregendste Destination bezeichnen würde.

Für das Central, das wohl beste Restaurant Lateinamerikas, hatte ich bereits einen Monat zuvor reserviert. Gleich an meinem ersten Abend, drei Stunden nach meiner Ankunft würde dort ein Platz auf mich warten. Ausgestattet mit einigen Tipps meiner örtlichen Vermieterin, worauf ich in Lima achten sollte, zum Beispiel, dass ich nie ein Taxi auf der Straße anhalten, sondern immer nur eines über eine App auf meinem Mobiltelefon bestellen sollte, machte ich mich an meinem ersten Abend auf den Weg ins Central. Ich bekam einen Platz, von dem aus ich direkt durch eine große Glasfront in die Küche schauen konnte. Das finde ich immer toll, denn wenn man schon allein essen geht – was ich ausgesprochen gerne tue –, dann ist es einfach spannend, zwischen den Gängen dem Treiben in der Küche zuschauen zu können. An meinem Hals zeigten sich hektische rote Flecken, als man mich zu meinem Platz geleitete. Endlich war ich da. Die Vorfreude kribbelte schon bis in die Fingerspitzen, als ich die Speisekarte las, der ich nur zur Hälfte folgen konnte, weil ich keine Ahnung hatte, was das alles sein sollte. *Arapaima?* Kennt jeder, oder? Nein? So ging es mir auch. Das große Menü umfasste 17 Gänge. Thematisch sollten alle Höhenunterschiede Perus darin abgebildet werden. Ich begann also im Meer und erreichte über den Amazonas die Höhe der Anden. Ich lernte den Amazonasfisch *Arapaima* endlich kennen, aß dünne Crisps, die mit einer natürlichen Tätowier-Tinte der Ureinwohner eingefärbt waren und kostete kugelrunde, zarte Süßwasseralgen aus einem See in den Anden. Ich lernte neue Wurzeln kennen, die nach Zimt schmeckten, das ganze Menü war bestimmt von Pachamama – Mutter Erde. Grandios präsentiert und immer nur in kleinen Portionen, wie sonst sollte man

17 Gänge durchhalten? Während meine Bedienung mir einiges zu den Speisen erklärte und mich einen ganz besonderen *Pisco* probieren ließ, erwähnte sie beiläufig, dass ich an diesem Abend nicht die einzige Deutsche im Restaurant sei. Es sei noch ein Koch aus Deutschland anwesend und deutete auf einen Mann, der ebenfalls allein an einem Tisch saß. Und ich tat, was ich normalerweise eher nicht tue, aber in diesem Moment wollte ich unbedingt meine Eindrücke von diesem Essen mit jemandem teilen. Und so lief ich zu ihm hin und stellte mich vor. Im Ausland läuft das ja meist immer nach dem gleichen Muster, wo kommst du her, wie lange bis du hier und so weiter. Es stellte sich heraus, dass er aus meiner Heimatstadt kam. Ich rutschte sogleich in meinen badischen Dialekt, was ich nur tun kann, wenn mir gegenüber auch ein Badener sitzt. Sein Restaurant in Baden lag nicht weit entfernt von dem Ort, wo ich aufgewachsen war und wir hatten sogar einige gemeinsame Bekannte. Aber viel wichtiger war, dass er aus den gleichen Gründen wie ich nach Lima gekommen war. Essen. Großartiges Essen. Und er gab mir den Tipp, dass es immer eine gute Idee sei, direkt in dem Restaurant, in dem man sich gerade befindet, nach einer Empfehlung für ein weiteres Restaurant zu fragen und am besten gleich anrufen zu lassen, um eine Reservierung in die Wege zu leiten. Er wollte am kommenden Tag zur Mittagszeit ins Maido. »Ist es okay, wenn ich dich begleite?«, fragte ich. Er sagte sofort Ja und ließ seine Reservierung auf zwei Plätze korrigieren. Mitsuharu Tsumuras Restaurant Maido galt als neuer strahlender Stern am Gastrohimmel Limas. Ich konnte kaum schlafen in dieser Nacht, so aufgeregt war ich und so sehr war ich im Kopf noch mit dem gerade erlebten Menü im Central beschäftig.

Pünktlich um 12^{30} Uhr am nächsten Tag trafen Martin, der Koch, und ich uns wieder, um 15 Gänge reinster Nikkei-Küche zu erleben. Was nun auf uns einprasselte,

waren Elemente aus der spanischen, japanischen und französischen Küche. Butterzarter *Pulpo,* eine Emulsion aus heimischen *Maca*-Knollen, *Wagyū*-Fleisch, *Tempura*-Algen, Schnecken mit Gurke, *Shoyu* und Apfelsorbet, ein *Confit* vom Meerschweinchen mit *Nori* und geröstetem Mais, frittierter Steinfisch, geräucherte Makrele mit Zwiebeln, *Masago* und gelber Chili. Jeder Gang ließ uns einfach nur staunen. Wir diskutierten die unterschiedlichen Texturen und mein Begleiter musste lachen, als er sah, wie unglaublich ich mich über dieses Erlebnis freute. Ich versuchte sogar noch dem Restaurant eine der wundervollen Glasschalen abzuschwatzen, ich hätte fast alles dafür bezahlt, aber sie wollten keine davon hergeben.

Ab dann hatten wir getrennte Pläne und Reservierungen. Ich hatte im Restaurant IK reserviert, er bei Astrid & Gastòn. Dieses Restaurant hatte ich für den kommenden Tag auf dem Plan. Einmal noch begegneten wir uns am kommenden Vormittag auf dem Markt und tranken einen Kaffee zusammen. Wir redeten nur übers Essen und worauf ich mich freuen könnte. Ich berichtete, was ich so erlebt hatte. Wir stellten fest, dass wir eigentlich ziemlich verrückt seien. »Ja«, sagte ich, »das sind wir.«. Daraufhin fuhr ich ins Restaurant Malabar, um deren vegetarisches Mittagsmenü zu kosten. Hier waren plötzlich ganz neue Eindrücke aus der französischen Küche verwoben mit südamerikanischen Komponenten. Ein Erlebnis, das wieder eine ganz andere Saite in mir anschlug. Einzig der Service schien hier nicht in der Lage, mir mehr über das Essen und seine besonderen Zutaten zu erzählen. Am Abend wollte ich ins ámaZ, doch dann meldete sich der Bruder meiner Vermieterin und fragte, ob ich eigentlich auch an etwas »Normalem« interessiert sei. Natürlich war ich das! Und er verabredete sich mit mir in einer Fußballkneipe, die berühmt war für ihre bodenständige Küche. Und dort gab es dann die blauen Krabben, die ich schon auf dem

Markt entdeckt hatte. Ich bestellte mir zuerst eine *Ceviche* und dann *Tacu-Tacu,* eine peruanische Version von Reis mit Bohnen, und dazu die blauen Krabben. Immer wieder kamen Freunde von ihm an unseren Tisch und fragten neugierig, woher ich komme (Ah! Bayern München!). Ich musste plötzlich über Fußball, anstatt übers Essen reden (und beim Thema Fußball bin ich echt schwach aufgestellt). Vom Kellner bekam ich noch ein Gratis-Dessert mit einer himmlischen Creme mit *Dulce di Leche* serviert – nur, weil ich drei Namen aus der aktuellen Aufstellung der Nationalelf kannte. Wir tranken Pisco sour und Bier und eigentlich fühlte es sich so an, als ob ich schon immer dazugehörte.

Am nächsten Morgen fuhr ich auf den Fischmarkt. Ich würde bis zu meinem Abflug am folgenden Tag nicht einmal den Kühlschrank in meiner Unterkunft geöffnet haben, wozu auch. Das beste Frühstück gab es in einer Bäckerei um die Ecke mit ausgezeichnetem Kaffee und frischen Empanadas. Ich sollte noch einmal *Ceviche,* den rohen Fisch mit Tigermilch, auf dem Fischmarkt essen, dieses Versprechen musste ich dem Bruder meiner Vermieterin geben und ich habe es nicht bereut. Auf Plastiktellern aß ich die wohl beste *Ceviche* mit Süßkartoffeln und großen weißen Maiskörnern. Ich taumelte. Bald würde dieser irrsinnige Rausch vorbei sein. Mein letzter Abend war gekommen. Noch einmal wollte ich mich genießend in die Vielfalt des Amazonas begeben, im ámaZ Flussschnecken mit Kurkuma und Chorizo, mit *Achiote* gewürzte Knollen kosten und die unglaubliche Fülle der Zutaten von über und unter der Erde schmecken, die ich nur hier bekommen würde. Dennoch verließ ich die Stadt mit dem Gefühl, dass ich nur einen Bruchteil ihres kulinarischen Spektrums kennengelernt hatte. Ich war gesättigt mit Eindrücken, einem schwarzen Loch gleich, hatte ich sämtliche Materie in mir aufgesogen. Es würde lange dauern, bis ich wieder hierher zurückkommen könnte, neue Sterne würden neben den alten am Gastro-Himmel aufgehen. Ich würde es wieder genauso machen. Und ich würde jedes Taxi auf der Straße anhalten, denn bereits nach zwei Tagen hatte ich den Rat meiner Vermieterin über Bord geworfen und war wunderbar damit gefahren. Am Flughafen kaufte ich mir noch zwei Flaschen *Pisco,* die mir ein pflichtbewusster Zollbeamter in London wieder abnahm, weil die Tasche, in der ich sie transportierte, nicht ausreichend verschweißt war. *Pisco* würde ich auch zuhause in Deutschland bekommen, was ich nicht bekommen würde, waren all die Süßwasseralgen aus den Anden, die Amazonasfische, die wilden Chilis und die *Anticuchos,* die man auf der Straße am Spieß kaufen konnte. Aber all das würde immer noch da sein, wenn ich wiederkäme ...

Japan, Tōkyō

DER MISO-SOMMELIER, SEIN KUMPEL UND DAS HATCHO MISO

Von allen Städten, die ich besucht habe, erschien mir Tōkyō immer am schwersten zu fassen. Ich kannte Tōkyō aus Büchern. Ich kannte Tōkyō von unten, wenn man auf den Wasserwegen unter den Straßen entlangfährt, ich habe es von oben kennengelernt, aber ich erinnere mich zum Beispiel nicht, wie der Himmel ausgesehen hat, jedoch an Straßen: volle Straßen in Shinjuku und leere, verlassene Straßen an einem Sonntag in Kanda. Während ich schon eine dreiviertel Stunde in der U-Bahn saß und die nächtlichen Lichter der Stadt vorbeiziehen ließ, musste ich daran denken, dass es mir unmöglich schien, diese Metropole räumlich zu ermessen. Sie dehnt sich, je länger man in ihr unterwegs ist, und endet teilweise plötzlich in einem Reisfeld in ländlicher Umgebung. An diesem Abend hatte ich mich mit zwei Freunden verabredet. Wir wollten essen gehen und sie hatten ein besonderes Restaurant unweit ihrer Wohnung vorgeschlagen. Wir hatten uns in Ginza, einem gehobenen Einkaufsviertel, getroffen und wollten gemeinsam mit der U-Bahn dort hinfahren. Immer wenn der Zug an der Oberfläche fuhr, betrachtete ich stumm die vielen tausend erleuchteten Fenster und fragte meinen Freund Toshi, wie oft er diesen weiten Weg von seiner Wohnung bis ins Zentrum fahre. Er lächelte nur und meinte, »jeden Tag.« Als wir endlich unsere Station erreichten, sah die Umgebung immer noch genauso aus wie beim Einstieg. Hohe Gebäude, viele Lichter und Restaurants, vor denen die Menschen Schlange standen. Wir durchquerten eine Passage mit vielen Seitenarmen, von überall strömte ein neuer Duft an uns vorbei, es roch nach gegrilltem Fleisch und Zuckerwatte. Vor einem Imbiss war die Schlange besonders lang. Ich fragte Toshi, ob er wüsste, was das Besondere daran sei, und er meinte, hier gäbe es das beste Barbecue des Viertels. Ich hatte bereits Hunger und konnte das Fleisch und die klebrige Sauce beinahe schmecken. Wir liefen vorbei an kleinen *Ramen*-Shops, Bonbonläden, immer tiefer hinein in das Labyrinth aus vielen Gässchen. Toshi legte ein strammes Tempo vor und ich spürte sein Missfallen, weil ich alle paar Meter stehenblieb. Seine Frau Noriko war nachsichtiger mit mir. Geduldig wartete sie, wenn ich wieder etwas entdeckte. Wir verließen die Passage, kreuzten einige breitere Straßen und folgten Toshi in eine schmale Gasse. Von außen erschien das Restaurant winzig, es war zur Hälfte ein Laden, nur im hinteren Teil standen einige Tische. Toshi hatte es ausgesucht, weil in diesem Restaurant alles mit *Miso* zubereitet wurde. Im Fenster standen große Holzbottiche, in denen die fermentierte Sojabohnenpaste gelagert wurde. Ich hatte ihm erzählt, dass ich mehr über *Miso* erfahren wollte und er hatte für den kommenden Tag sogar ein Treffen mit einem Bekannten in Niigata arrangiert, zwei Stunden mit dem Zug nordwestlich von Tōkyō. Aus dem Grund hatte er auch das Restaurant ausgewählt, dessen Betreiber *Miso*-Sommelier ist und sich bestens in der Branche auskennt. Er sprach bloß leider kein Wort Englisch. Meine Freunde begrüßten ihn beim Betreten des Restaurants und während ich noch die vielen Fässer bestaunte, erklärten sie ihm, wer ich sei und warum *Miso* mir so am Herzen liegt. Der alte Herr nickte mir freundlich zu, lächelte und sagte irgendetwas, was ich nicht verstand. Ich lächelte ebenfalls und streichelte über eines der Fässer. Stolz hob er einen Deckel an und begann mir genau zu erklären, was sich darin befindet. Toshi übersetzte. Ich entdeckte ein *Miso* aus braunem Reis mit einem herrlich floralen Duft. Sofort wollte ich von jedem etwas mitnehmen, doch Toshi deutete mir an, dass dazu noch genug Zeit bliebe. Erst sollten wir essen. Er bestellte quer durch die Karte: Suppe, Curry, Fleischbällchen, eine Art Kohlroulade in einer hellen Sauce, Nudeln. Während ich von allem probierte, fragte ich ihn, ob denn sein Freund in Niigata sein *Miso* in diesen großen Fässern mit Steinen oben drauf reifen lassen würde. Er verneinte und erklärte mir, dass es ausschließlich das dunkle, rein aus Sojabohnen bestehende *Hatcho Miso* sei, welches in solchen Fässern reife. In ganz Japan sei es nur in der Aichi-Präfektur zu finden. Ich fand es zwar schade, dass ich diese Fässer nun wohl nicht zu sehen bekäme, wollte aber meinen Besuch in Niigata auch nicht mehr absagen, um meinen Freund nicht zu enttäuschen. Toshi fragte den Besitzer des Restaurants, wo und ob es in der Nähe von Tōkyō vielleicht noch eine Möglichkeit gäbe, diese Fässer zu sehen. Der alte Mann und Toshi unterhielten sich eine Weile, immer wieder blickten beide zu mir und ich ahnte bereits, dass es keine Möglichkeit in der Umgebung geben würde. »Du musst in die Aichi-Präfektur nach Okazaki«, übersetzte Toshi den Redeschwall. Ich würde nach meinem Besuch in Niigata noch einen Tag vor meiner Weiterreise haben. Sollte ich das wirklich tun? Ich hatte dort sonst keinen Anlaufpunkt. Während wir noch eine Runde Bier bestellten und die letzten Schüsseln auf unserem Tisch leerten, redete Toshi ein weiteres Mal mit dem Besitzer. Der verschwand daraufhin mit seinem Telefon in der Küche. »Er versucht jemanden zu erreichen«, meinte Toshi. Keine fünf Minuten später trat der Besitzer wieder an unseren Tisch und reichte mir sein Mobiltelefon. Ich schaute ihn verwundert an. Noriko nickte mir aufmunternd zu. »Er spricht Deutsch«, meinte sie. Ich nahm das Telefon und meldete mich. Am anderen Ende der Leitung begrüßte mich die Stimme eines offenbar älteren Herrn in leicht gebrochenem Deutsch. Man nenne ihn Mr. Hatcho, ihm gehöre eine der ältesten *Hatcho-Miso*-Manufakturen in Okazaki, er habe einige Jahre in Deutschland gelebt, daher spreche er meine Sprache, aber ich solle nachsichtig mit ihm sein, denn er sei ein wenig aus der Übung. In diesem Moment war ich einfach nur sprachlos. Nach einigen Sekunden hatte ich mich wieder gefangen und erklärte

京
Tōkyo

ihm, dass ich sehr daran interessiert sei, ihn zu besuchen. Das könne ich gerne tun, er freue sich und erwarte mich am übernächsten Tag in Okazaki am Bahnhof. Ich reichte dem Besitzer das Telefon und strahlte ihn an. Meine freudige Reaktion machte ihn sichtlich verlegen, vielleicht dachte er auch, ich könnte ihn gleich umarmen. Er wich einen Schritt von mir ab und lächelte zurück. Mr. Hatcho sei ein alter Freund von ihm, erklärte er meinen Freunden. Bevor wir sein Restaurant verließen, kaufte ich noch vier verschiedene Sorten *Miso*. Irgendwo im Koffer würden auch sie noch Platz finden.

Am nächsten Morgen lief ich früh zum Bahnhof, setzte mich in den schnellen Shinkansen und fuhr gen Norden nach Niigata. Herr Kanemitsu, der Bekannte von Toshi, erwartete mich am Bahnhof in Begleitung eines Übersetzers. Bevor er mir seine Manufaktur zeige, wolle der ehrenwerte Kanemitsu-san mich erst einmal zum Mittagessen einladen, erklärte der Übersetzer. Er habe einen Tisch im besten *Soba*-Restaurant der Stadt reserviert. Ich konnte den Buchweizennudeln bisher nicht allzu viel abgewinnen, doch die Höflichkeit gebot es, dass ich diese Einladung dankbar annahm. Die Nudeln wurden kunstvoll drapiert auf Bambusplatten serviert. Sie waren nur lauwarm, eigentlich schon fast kalt und man sollte sie in eine Auswahl verschiedener Saucen dippen. Ich probierte die Nudeln. Sie waren tatsächlich anders, als die *Soba,* die ich bisher gegessen hatte. Sie schienen beinahe schwerelos zu sein, so luftig war ihr Teig. Nur wenn sie ganz frisch und von Hand hergestellt seien, erreiche man eine solche Qualität, lernte ich. Ich versuchte, mir diese würzige Leichtigkeit der Nudeln einzuprägen, denn ich wusste, dass ich nun für alle Zeiten nie wieder die abgepackten Soba in meinem asiatischen Supermarkt anrühren würde. Mit ihrem eindimensionalen Geschmack und ihrer Konsistenz würden sie mich nur noch langweilen.

Wie erwartet, erfuhr ich wenig Neues über die Produktion von *Miso* an diesem Tag, dafür durfte ich Felder bestaunen, auf denen *Wasabi* angebaut wird, und als ich spät am Abend wieder in Tōkyō ankam, war ich dennoch mit dem Verlauf des Tages zufrieden, denn ich hatte *Soba* in vollendeter Form kennengelernt.

Nach einer kurzen Nacht machte ich mich wieder auf den Weg zum Bahnhof und setzte mich erneut in den Shinkansen, diesmal in die andere Richtung, nach Süden. Ich musste in Nagoya in einen Regionalzug umsteigen, der mich bis Okazaki brächte. Am Bahnhof eingetroffen, entdeckte ich einen kleinen Herrn mit einem großen Schnurrbart, der in meine Richtung lief. Als einzige Langnase weit und breit, war ich nicht allzu schwer zu erkennen. Mr. Hatcho, der eigentlich Takahashi heißt, begrüßte mich mit einer Verbeugung, dann gab er mir die Hand, während seine dunklen Augen vor Freude leuchteten. Wie schön es sei, dass Besuch aus Deutschland gekommen sei, er habe schon so lange nicht mehr mit jemandem aus Deutschland gesprochen, überhaupt sei es ja eine ganz besonders glückliche Fügung, dass ich nun hier in Okazaki sei. Das sei es in der Tat, bestätigte ich ihm und es fühlte sich etwas seltsam an, mich in dieser Umgebung in meiner Muttersprache zu unterhalten. Wir fuhren keine zehn Minuten, bis wir die kleine Fabrik erreichten. Im Hof standen bereits riesige Zedernholzfässer, die man gereinigt hatte. »Wir haben sie mit Salz ausgewaschen und nun müssen sie trocknen«, meinte er. Wie das hier draußen klappen sollte mit dem Trocknen, fragte ich, während ich zum Himmel schielte. Es hatte angefangen zu regnen. Das gehe schon, meinte er, einige dieser Fässer seien bereits an die hundert Jahre alt. Doch bevor er mir alles zeige, solle ich erst einmal von der Suppe probieren, die einige Frauen aus dem Ort zubereitet hätten. Es war eine dunkle dicke Suppe aus einer Menge *Hatcho*

Miso, Dashi, Pilzen, Speck und Gemüse. Sie schmeckte wunderbar. Reichhaltig, salzig und wohltuend. Dazu gab es geleeartige Lollies aus Reisteig, die in eine dickflüssige Sauce getunkt wurden, die ebenfalls mit dem dunklen *Miso* gewürzt war. Der Geschmack erinnerte an Schokolade, ich musste an Ovomaltine und Marmorkuchen denken, aber da waren auch rauchig-erdige Noten, die an Grüntee erinnerten. Vom ersten Moment an mochte ich den kleinen Herrn Takahashi aka Mr. Hatcho, wie ihn jeder nannte. Im Anschluss an das Essen führte er mich in die Lagerhallen. Und da standen sie: Riesige Zedernholzfässer, auf die kunstvolle Pyramiden aus großen Steinen geschichtet waren. Die Technik des Steine-Schichtens beherrschen nur noch wenige Menschen in Japan, erklärte er. Die Steine müssen so angeordnet sein, dass sie ein Erdbeben überstehen und ihr Gewicht muss in einem exakten Verhältnis zum Gewicht des *Hatcho Misos* darin passen. Drei Tonnen wiegen die Steine auf jedem der Sechs-Tonnen-Fässer. Ich war beeindruckt. Immer wieder lief ich zwischen den Reihen der Fässer auf und ab und fragte den ehrenwerten Mr. Hatcho, der seine Anzugjacke gegen eine Wickeljacke mit Kimonoärmeln getauscht hatte, was auf den Fässern geschrieben war. Geduldig übersetzte er. Noch immer war ich berauscht, es bis hierher geschafft zu haben. Und das nur, weil ein freundlicher alter Mann in Tōkyō seinen alten Freund in einem anderen Teil des Landes angerufen und uns bekannt gemacht hatte. Zum Abschied schenkte mir Mr. Hatcho noch eine Packung seines wunderbaren *Misos*. Auch nach sechs Jahren liegt immer noch ein Rest davon in meinem Kühlschrank. Ich hüte es wie einen Schatz.

Vietnam, Phú Quốc

DAS GEHEIME GEWÜRZ AUS DEM DSCHUNGEL

Das Nationalgericht Vietnams ist eine Suppe, und die Wahrscheinlichkeit, in den Dschungelgebieten auf unbekannte Insektenarten zu treffen, ist deutlich größer als anderswo. Ausgerechnet die zweite Information ist in meinem Kopf hängengeblieben. Und so dauerte es genau einen Tag, bis mir abends auf der kleinen Veranda meines Bungalows ein seltsames grünes, faustgroßes Insekt in Form einer Heuschrecke mit dickem rundem Kopf in den Nacken fiel. Panisch vor Schreck sprang ich aus meinem Stuhl, schürfte mir dabei das Knie an der Verandaverkleidung auf und verfluchte es, ausgerechnet den eher ruhigen und touristisch wenig erschlossenen Norden für meinen Aufenthalt auf der Insel Phú Quốc gewählt zu haben. Am folgenden Tag hatte ich Besuch von einer großen Spinne, die es sich auf einem der Bettpfosten gemütlich machte. Schnellstmöglich wollte ich aus diesem Bungalow fliehen. Ruhig wollte ich es haben, nach einer Woche in Saigon, das selbst die Einheimischen wieder öfter Saigon nennen und nicht mehr Ho Chi Min Stadt. Eine Woche voller Märkte, Myriaden von Mofas auf den Straßen und dem Beginn einer großen Leidenschaft für die *Phở*, eine würzige Suppe, die überall auf der Straße angeboten wurde. Besonders die tiefdunkle *Phở bò*, mit Rindfleisch gekocht, avancierte zu meinem Liebling und egal zu welcher Uhrzeit, eine *Phở* ging immer. Ich hockte auf winzigen Plastikhockern und warf glücklich alle möglichen Kräuter in diese Suppe, die vor Aroma nur so strotzte. Angeblich wurde sie mindestens 24 Stunden lang gekocht. Dicht und fettig wirkte sie belebender als jeder Kaffee.

In Saigon hatte ich es nicht gewagt, mir einen Roller zu leihen, dafür war der Verkehr viel zu unübersichtlich und meine Fahrpraxis einer solchen Herausforderung nicht gewachsen. Doch auf der Insel war es die einzige Möglichkeit, die Umgebung zu entdecken. Die sandigen Straßen hatte ihre Tücken, besonders beim Bremsen, aber im Großen und Ganzen lief es gut. Das kleine Ressort aus Holzbungalows hatte ein Restaurant, ein weiteres gab es in Laufnähe am Strand, aber damit war die Wahlmöglichkeit zur Nahrungsaufnahme bereits erschöpft. Am ersten Abend, an dem ich und meine Begleitung uns einen *Hotpot* gönnten, hatte es kurz zuvor geregnet. Eine Stunde nach dem Regen schlüpften hunderte kleiner Falter, die wie verrückt um die Lampen des Restaurants kreisten und den Gekkos ein wahres Festmahl bescherten. Sie hatten an diesem Abend ihren kulinarischen Jackpot. Ich lernte schnell, dass die Zugabe von mehr Chili und Fischsauce ein Gericht auf ein höheres Niveau brachte und im Gegensatz zu den ersten Worten wie »Bitte« und »Danke«, die ich normalerweise in einem fremden Land lerne, war es das Wort *nước mắm* (Fischsauce), das ich am meisten verwendete. Die Insel Phú Quốc ist berühmt für ihre Fischsauce. Es heißt, sie sei die beste in ganz Asien und es war streng verboten, die besondere Sauce im Flugzeug mit sich zu führen. Tat man es trotzdem, musste man mit empfindlichen Strafen rechnen. Die Produktionsstätten für diese Fischsauce liegen im Süden der Insel. Hier, in großen Holzfässern, reifen die kleinen Sardellen, die vor der Küste gefangen und sofort danach bis zu einem Jahr eingesalzen werden. Das Resultat ist eine bernsteinfarbene, vollmundige Sauce. Man mag über ihren etwas strengen Geruch denken was man mag, aber sparsam eingesetzt verhilft sie selbst einer geschmorten Lammkeule zu höheren Weihen.

Von den Einheimischen erfuhr ich, dass sich ganz im Norden, dort, wo es eigentlich nur wilden Urwald gibt, ein Restaurant befindet, das für eine ganz spezielle Gewürzmischung bekannt ist. Außerdem sollen die Meeresfrüchte dort legendär sein. Ich wollte sofort die Adresse wissen, doch keiner konnte sie mir nennen. Die Anweisung lautete nur »Fahr so weit du kannst in den Norden und du wirst es nicht verfehlen!«. Da musste ich also unbedingt hin, auch wenn das bedeutete, noch tiefer in den Dschungel hineinzufahren. Ich schob den Gedanken an noch mehr Begegnungen mit Vietnams Fauna und Flora beiseite. Dieses Gewürz lockte zu sehr. Also tankte ich am nächsten Morgen den Roller randvoll auf. Mitten im Nirgendwo ohne Sprit zu enden, war keine gute Vorstellung. Meine Begleitung setzte sich zuversichtlich hinter mich und wir fuhren los. Auf dem Weg passierten wir einen malerischen und völlig leeren Strand, wir kamen an einer Pfefferplantage vorbei, wo wir heimlich ein paar Pfefferkörner mitnahmen, und fuhren weiter auf der nur teilweise geteerten Straße, der einzigen Route, die durch den dichten Urwald führte. Manchmal hielten wir an, um einfach nur den Geräuschen des Waldes zu lauschen. Das Faszinierende an einem Urwald ist, dass man ein ganzes Orchester unterschiedlicher Tierlaute hört, aber keinen einzigen Musiker davon zu Gesicht bekommt. Abgesehen von Moskitos. Die sieht und spürt man immer. Nach einer Weile führte die Straße wieder Richtung Küste, Fischerboote schaukelten dort am Ufer und eine größere Holzhütte tauchte vor uns auf. Ein ausgeblichenes Schild wies die Hütte als Restaurant aus. »Meinst du, das ist es?«, fragte meine Begleitung. Ich war nicht in der Lage, diese Frage zu beantworten, doch da es die einzige Hütte weit und breit war und man vom Ufer bereits die Küste Kambodschas erkennen konnte, waren wir wohl nördlich genug. Es war Mittag und wir waren die einzigen Gäste. Es gab eine kleine Karte und als wir darauf von der wundersamen Gewürzmischung lasen, war klar: Wir hatten unser Ziel erreicht. Wir bestellten einen großen Teller Jakobsmuscheln. Während wir auf der Veranda der Holzhütte im Schatten genüsslich ein kaltes Bier tranken, hörten wir schon das Zischen und Brutzeln aus der Küche. Ein süßlich-pfeffriger Duft legte sich über den Geruch des Wassers und der Algen. Hier, direkt am Wasser, war die Hitze erträglich. Und mit jedem Schluck Bier verschmolz ich mehr mit meinem Bambusstuhl, dem Wald hinter und dem Meer vor mir. Immer wenn ein Roller vorbeifuhr, hörten wir ein kurzes Hupen zur Begrüßung. Ansonsten war es still. Kurz darauf stellte der Wirt einen großen Teller mit frisch gebratenen Jakobsmuscheln auf den Tisch. Dazu gab es ein paar Limetten und noch mehr Bier. Ich probierte die erste Jakobsmuschel mit dieser geheimnisvollen Gewürzmischung. Das süßliche, feste Fleisch zerging auf der Zunge, darüber legten sich Aromen von Pfeffer, ein bisschen Zimt und Sternanis und etwas, das mich an Liebstöckel erinnerte. Chili war mit von der Partie, ein Hauch von Honig und etwas Rauchiges. Es war grandios. Muschel um Muschel verschwand in unseren Mündern. Im Nachhinein war dies sicherlich die größte Portion Jakobsmuscheln, die ich jemals verzehrt hatte, doch wir konnten einfach nicht aufhören zu essen. Natürlich fragte ich den Besitzer nach dem Geheimnis dieser besonderen Gewürzmischung, doch er lachte nur, wedelte mit den Armen und nuschelte etwas von »secret«, während er versuchte, uns zu erklären, dass man diese Gewürzmischung hier auch kaufen könne. Nachdem ich also nicht erfahren sollte, was diese Mischung so einmalig macht, kaute ich noch konzentrierter, um ihm sein Geheimnis zu entlocken. Ich hätte mir gewünscht, dass sich alle Zutaten wie ein Fächer vor mir ausbreiten, doch es war zu diffus und subtil. Hier war eine ganze Gewürz-Armada am Werk. Es blieb mir also nichts anderes übrig, als dem Besitzer eine große Tüte mit dieser Gewürzmischung abzukaufen. Immer wieder probierte ich in den kommenden Tagen davon und jedes Mal, wenn ich glaubte, der Entschlüsselung ihrer DNA nähergekommen zu sein, veränderte sie ihre Erscheinung; die dominanten Noten wechselten sich untereinander ab und ließen mich ratlos zurück.

Einige Jahre später erfuhr ich, dass eine Folge der Fernsehserie »The Foodhunter« auf Phú Quốc gedreht wurde und eben jenes Restaurant und seine Gewürzmischung darin vorgestellt wurden. Doch auch dem Protagonisten der Serie, Mark Brownstein, war es nicht gelungen, das Geheimnis hinter dieser Mischung zu lüften. Das war 2010 und zu diesem Zeitpunkt war mein letzter Rest des mitgebrachten Gewürzes längst aufgegessen.

USA, Hawaii

AHI, MAHI MAHI, PUPU UND POKE – UND NATÜRLICH ALOHA!

Das Überqueren der Datumsgrenze war für mich ein wenig bizarr und mein Verstand hatte da so seine Probleme, denn als ich am Abend des 1. Mais von Tōkyō nach Hawaii flog, erreichte ich Honolulu am Vormittag desselben Tages. Der Tag war ja bereits voll mit Erlebnissen, abgesehen vom Flug, der wie so ziemlich jeder Flug eher ereignislos war, und jetzt sollte ich genau diesen Tag noch einmal, nun aber am Waikiki Beach erleben. Ich lieh mir einen Wagen, mit dem ich allerdings erst einmal eine halbe Stunde irgendwo blöd im Parkhaus rumstand, weil die Einstellungen des Navigationssystems nicht so wollten, wie ich wollte. Aber nachdem ich ihm endlich beigebracht hatte, dass ich nur und wirklich ausschließlich mit dem metrischen System zurechtkäme, konnte ich mich endlich auf den Weg zu meinem Hotel machen. Ich fuhr los und die Stimme schickte mich auf den Queen Liliuokalani »Eff-Weh-Ypsilon«. »Eff-Weh-Ypsilon«? Offensichtlich traute der Hersteller des Navigationsgeräts den deutschsprachigen Autofahrern das Wort Freeway nicht zu, das in Karten immer nur mit Fwy abgekürzt wird. Ging es auf einen Drive, schickte mich das Navi folgerichtig zum Doktor. Ich gewöhnte mir an, auf jede seiner Ansagen eine Beschimpfung folgen zu lassen, was es mir aber glücklicherweise nicht übelnahm, denn es führte mich trotzdem dahin, wo ich hin wollte.

Dunkle Wolken zogen auf, als ich mein Hotel am Waikiki Beach erreichte, und es begann zu tröpfeln. So hatte ich mir das nicht vorgestellt. Statt Sunshine, Aloha und Happiness waren jetzt Regenschirm und ein dünnes Jäckchen angesagt. Im Vorbeifahren hatte ich gesehen, dass im Park unweit des Hotels ein Fest veranstaltet wurde. Das machte mich neugierig und so stellte ich nur meinen Koffer ab und machte mich zu Fuß auf den Weg. An der Rezeption hatte ich erfahren, dass es sich um einen ganz besonderen hawaiianischen Feiertag handelte, den Lei Day, an welchem dem Blumenkranz die Reverenz erwiesen wird. Auf jeder Insel des Archipels dominiert in diesen Kränzen eine andere Farbe. Alle liefen mit Blumengirlanden um den Hals oder auf dem Kopf umher, ein paar Nachfahren des ehemaligen Königs gaben sich die Ehre und die schönsten Kranz-Exemplare wurden gekürt. Einen besseren Einstieg hätte ich also nicht erwischen können. Ich kaufte mir eine Blumenkette, eine Haarspange mit einer künstlichen Plumeria-Blüte (ich wollte ja länger etwas davon haben), steckte sie mir ins Haar und kam mir dabei ein wenig lächerlich vor. Doch zwei ältere Damen hoben sofort den Daumen, als sie an mir vorbeiliefen. Ich rief ihnen ein Aloha! zu und holte mir ein hawaiianisches Bier. Auf einer kleinen Bühne sang ein Mann mit einer Ukulele diesen berühmten Klassiker »What a Beautiful Day« so hinreißend leidenschaftlich, dass all meine Enttäuschung über das nicht ganz so tolle Wetter dahin schmolz – mehr Aloha zur Begrüßung ging eigentlich nicht. Es gab überall Barbecue und ich lernte, dass das vermeintliche Nationalgericht, ein 24 Stunden in der Erde gegartes Spanferkel, nur noch für Touristen gemacht wird. *Pulled Pork* ist hier inzwischen das Gericht der Stunde. Meine größte Neugier galt allerdings dem *Poke*. Und da geht es um rohen Fisch. Also wie in Japan *Sashimi* oder in Peru *Ceviche*. Vor einigen Jahren schwappte der *Poke*-Trend aus den USA zu uns nach Europa. Auf dem Weg von Hawaii über die Westküste der USA erfuhr das populäre Gericht jedoch bereits eine Amerikanisierung in Form einer *Poke Bowl* und die wiederum machte sich dann auf, den europäischen Gaumen zu beglücken. Traditionalisten rümpfen über so etwas die Nase, denn auf Hawaii käme keiner auf die Idee, eine *Poke Bowl* zuzubereiten. Außer vielleicht für Touristen. Man isst einfach *Poke*. Punkt.

Um dem Ganzen näher zu kommen, hatte ich mich am kommenden Morgen um fünf Uhr mit Küchenchef Mavro verabredet, der mich zum Fischmarkt bringen würde. Der Fischmarkt in Honolulu ist der größte der Region und den Profis vorbehalten, also Fischhändlern und Restaurants, die hier ihre Ware ersteigern. Mir wurde dennoch die Ehre zuteil, Mavro öffnete mir hier die Tür und ich konnte unter seine Fittiche schlüpfen. Als wir um 5^{30} Uhr dort ankamen, waren die Fische bereits ausgeladen und in einer riesigen Halle befanden sich Bahnen aus Eis, auf denen sie präsentiert wurden. Hier lagen jede Menge Bonitos und Thunfische, Mondfische, Tiefseefische mit gruseligem Gebiss und natürlich *Mahi Mahi,* Goldmakrelen. Das Ersteigern der Fische war ein wenig undurchsichtig. Man muss sich das so vorstellen: Eine Runde Männer steht um einen Fisch, es gibt ein Raunen und – zack! – klebt der Auktionator einen Zettel an den Fisch. Alles dauert nur Sekunden. Mavro stellte mich einem seiner Freunde vor, der einen großen Fischladen betreibt. Kaum hatte ich ihn auf Poke angesprochen, lud er mich ein, ihn dort zu besuchen. Dort könne ich erfahren, was *Poke* wirklich sei.

Also fuhr ich ein paar Stunden später zum Tamashiro Market, um meinen *Poke*-Horizont zu erweitern. Und was ich da sah, waren keine grünen Bohnen, Edamame, Avocados oder Reis, auf dem man ein paar Würfel rohen Fisch drapiert, sondern nur roh marinierter Fisch in großen Edelstahlschalen und in unendlich vielen Variationen. In der ganz klassischen Version *Ahi* mit Zwiebeln, Sesamöl, Sojasauce und *Ogo,* einer fein verästelten Alge. Dazu noch ein bisschen Ingwer und schwarzes Salz. Das ist *Poke*. Und dazu eben diese unzähligen Varianten. Mein Liebling wurde *spicy creamy Ahi Poke* – in dem Fall Gelbflossen-Thunfisch mit einer leichten Mayonnaise, geröstetem Sesamöl und Chili. Ich lernte, dass jeder Fisch zumeist einer eigenen *Poke*-Zubereitungsart folgt. Ob ich daran interessiert sei, an einem *Poke*-Kochkurs teilzunehmen, wurde ich in meinem Hotel gefragt. Ich musste schmunzeln, denn was bedarf es hier zu lernen? Aber dann war die Neugier doch größer und bevor ich auf einer Ukulele rumzupfen durfte, würfelte ich also erst einmal Fisch. Nicht einmal die Zwiebel musste ich schneiden und das war dann doch eindeutig mal wieder so ein typisches Touristen-Programm. Ich lernte jedenfalls, *Poke* ist *Pupu*. Und *Pupu* heißt auf Hawaiianisch Vorspeise. Natürlich gibt es auf O'ahu auch eine *Poke*-Meisterschaft, wo jeder Küchenchef zeigen kann, wie er *Poke* interpretiert. Dort darf dann auch ein veganer Koch etwas mit Roter Bete kreieren, aber da wären wir schon auf direktem Weg zur Bowl. »Was muss ich denn sonst unbedingt gegessen haben hier auf Hawaii?«, fragte ich einen Küchenchef. »*Lemon Garlic Shrimps*«, antwortete er. Ich dürfte die Insel nicht eher verlassen, bis ich nicht die allerbesten Shrimps von einem Foodtruck an der North Shore probiert hatte. Ich sollte mich aber auf eine lange Schlange gefasst machen. Vielleicht hatte ich doch gehofft, dass ich noch etwas Ursprünglicheres auf Hawaii finden würde. Etwas, woran man die Wurzeln dieser Kultur deutlicher erkannte. Doch da hatte ich einfach die Tatsache komplett ausgeblendet, dass Hawaii ein US-amerikanischer Bundesstaat ist. Typisch und ursprünglich ist allenfalls noch die lilafarbene Tarowurzel, die man frisch gerieben oder als Mehl, wobei immer noch mit herkömmlichem Weizenmehl wegen des Glutens ergänzt wird, zu Brot verarbeitet. An *Lemon Shrimps* führte kein Weg vorbei – und sie waren tatsächlich sagenhaft gut.

Aber dann begegnete mir doch noch etwas Besonderes für Hawaii. Ich entdeckte es auf Maui. Als ich nach Hana fuhr, passierte ich immer wieder Rindergatter. Endlos zogen sich Weiden entlang des Piilani Highways, auf denen jede Menge Rinder standen. »Aha«, dachte ich, »wird also doch nicht alles Fleisch importiert. Und diese Rinder haben bestimmt ein schönes Leben in dieser Meeresluft auf diesen saftigen Wiesen.« Durch Zufall kam ich zu einem kleinen Deli, der eine Theke mit warmem Essen zum Mitnehmen anbot. Mit dabei *Beef Broccoli* mit *Maui Cattle*. Das musste ich sofort probieren. Und obwohl dieses fertig gekochte Brokkoli-Rind bestimmt schon einige Zeit auf mich gewartet hatte, war der Geschmack des Fleischs überragend. Würzig, kräftig, unglaublich zart und voller Beef-Aroma. Genau so stelle ich mir gutes Rindfleisch vor. Doch dann erfuhr ich ein paar Tage später von einem Koch, dass dieses Rindfleisch auf der Insel kaum in den Restaurants zum Einsatz komme. Es sei der US-amerikanischen Kundschaft zu »wild«. Die wolle lieber das *US Prime Beef* vom Festland. Ich war fassungslos. Da gibt es das beste Rind direkt auf der Insel, aber die Importware wird bevorzugt. Mahalo – danke auf hawaiianisch –, aber das ist dann noch ein bisschen weniger zu verstehen als die Übersetzungskünste des Navigationssystems.

Korea, Seoul

ABGERISSEN IM GOURMET-TEMPEL UND HANWOO, DAS BESTE FLEISCH KOREAS

Eine eisige, feuchte Kälte, mit der ich nicht gerechnet hatte, war in Seoul angekommen. Bereits beim Aufwachen fühlte sich alles klamm an, ich schaltete die Klimaanlage auf die höchste Wärmestufe, aber außer eines scheppernden Geräuschs war die erste halbe Stunde von einer Erwärmung nichts zu merken. Und bei mir machte sich eine gewisse Antriebslosigkeit breit. Ich war seit vier Wochen unterwegs, nach Taipeh, Okinawa und Tōkyō war dies meine letzte Station. Eine bleierne Müdigkeit zog sich durch meinen ganzen Körper. Ich wünschte, ich läge zuhause in meinem eigenen Bett. Das Bett in meinem Apartment in Seoul unweit des Olympiastadions stand direkt am Fenster. Ich musste mich nur umdrehen, den Vorhang zur Seite schieben und schaute auf eine U-Bahnstation, einen kleinen Supermarkt und ein Café. Mein Blick war auf die vielen Menschen gerichtet, die frühmorgens zehn Stockwerke unter mir mit strammen Schritten auf die Metro zusteuerten. Wie eine graue Decke hing der Himmel über der Stadt, zumindest soweit ich sehen konnte, da war schon wieder dieser Dunst, der hinter dem Olympiagelände alles weichzeichnete. Ich schickte eine Kurznachricht an eine Freundin in Deutschland. »Bist du noch wach?«, fragte ich. Das Telefon klingelte. »Ich dachte, du brauchst jetzt eine menschliche Stimme«, meldete sie sich. Und wie ich in diesem Moment eine menschliche Stimme brauchte! »Wie früh ist es bei dir?«, fragte sie. Es war sieben Uhr morgens. Es macht einen Unterschied, ob man aus der Nacht heraus telefoniert oder morgens. Selbst ein grauer Himmel ist dann gleißend hell. Die Sinne sind nachts anders ausgerichtet. Vielfältiger und angereichert vom Tag. Meine sind noch gar nicht sortiert, denn mein Tag hat eben erst begonnen. »Es ist kalt geworden«, erzählte ich ihr. »Meine Kleidung ist viel zu dünn für diese plötzliche Kälte.« »Riecht es nach Schnee?«, wollte sie wissen. Nein, es röche nicht nach Schnee. Es sei eine feuchte Kälte, so eine, die sich vermutlich im Laufe des Morgens wieder verziehe, eine Herbstkälte. »Was wirst du heute machen?«, fragte sie. Ich war noch ratlos. Es gab Tausenderlei, was ich heute tun, Tempel und Märkte, die ich besuchen könnte. Oder ein paar schicke Läden in Gangnam. Gangnam? Ja, das klänge doch gut. »Und sonst?« Ich merkte an dieser Stelle, dass es mir widerstrebte, ein Tagesprogramm aufzulisten. Ich war an dem Punkt angekommen, wo ich genau wusste, dass ich mir später, irgendwann, wenn ich wieder zuhause in Deutschland wäre, gewünscht hätte, an genau diesem Morgen ohne Pläne die Kraft gehabt zu haben, ganz besonders aufregende Dinge zu erleben. An diesem Morgen aber konnte ich mir nichts Aufregendes vorstellen. »Was wirst du heute essen?«, wollte sie wissen. Ich hatte verschiedene Möglichkeiten in Betracht gezogen, aber keine Entscheidung getroffen. Sie merkte, dass ein Weiterbohren hier sinnlos war. Ich beendete das Gespräch und blieb an dieser Frage hängen. Ich spürte, dass ich an keinem Punkt aus dieser Schleife würde entfliehen können, wenn meine Gedanken weiter um Nudelsuppen und Teigtaschen kreisten. Ich brauchte etwas Außergewöhnliches. Etwas, was ich mir jetzt noch gar nicht vorstellen konnte. Ich brauchte nichts weniger als ein ausgezeichnetes Gourmet-Restaurant – und das möglichst schnell. Der Gedanke daran erzeugte eine prickelnde Vorfreude. Ich öffnete mein Laptop und rief die Seite des Guide Michelin auf. Und kurz darauf blieb ich an der Bezeichnung »Neo Asia Cuisine« hängen. »Neo Asia« klang nach Überraschung, nach Unerwartetem und, wie der Name schon sagt, nach etwas Neuem. Ich vergewisserte mich, dass das Restaurant bereits zur Mittagszeit geöffnet war. Mittags ist es immer einfacher, kurzfristig einen Platz zu bekommen. Gerade dann, wenn alles für den Abend auf Tage und Wochen reserviert ist.

Das Mingles ist das Restaurant von Küchenchef Mingoo Kang und liegt in Gangnam – also ging es in die Gegend der Reichen und Schönen Seouls. Ich hatte noch ein paar Stunden und ohne Zweifel würde es auch einige Zeit in Anspruch nehmen, aus meinen zerdrückten, nicht mehr so ganz frischen Kleidern, etwas einigermaßen Taugliches zusammenzustellen. Und es war kalt, was also bedeutete, dass ich nicht allzu wählerisch sein konnte. Und dann machte auch ich mich auf den Weg zur U-Bahn. Jetzt war es schon nicht mehr so voll, der größte Ansturm war vorüber. Im Gegensatz zu Japan, wo sich zumindest die meisten in überfüllten Zügen sehr respektvoll verhalten, hat man in Korea wenig Scheu, seinem Gegenüber auch mal einen Rempler zu versetzen, wenn dieser im Weg steht. Ich kann das auch gut und fühlte mich wie Zuhause.

In Gangnam angekommen, schien plötzlich die Sonne. Als hätte ich nicht nur eine halbe Stadt durchquert, sondern wäre weit über die Stadtgrenze hinaus in den Süden gefahren. Die Straßen hier waren breiter, die Menschen hatten mehr Platz und die Autos hier sahen aus, wie frisch aus der Waschanlage. In den Parks leuchteten die gelben Blätter der Ginkgobäume und selbst die Luft war eine andere. Ich ging in einen kleinen Teesalon. Noch hatte ich Zeit, bis das Mingles öffnen würde. Nur ein Tisch war besetzt mit drei buddhistischen Nonnen. Sie unterhielten sich lebhaft und ich ertappte mich dabei, dass ich gerne gewusst hätte, worüber sie sprachen. Ich bestellte einen *Mogwa Cha,* einen süßen Quittentee mit Honig. Ich liebe diesen wunderbaren Tee, weswegen ich mir jedes Jahr im Herbst vornehme, Quitten in Honig einzulegen, es dann aber immer wieder verpasse. Ich hätte mich jetzt auch gerne lebhaft unterhalten, aber niemand war da, mit dem ich das hätte tun können. Quittentee ist da ein gutes Mittel gegen Selbstmitleid. Ich schaute an mir herunter. Meine Jeans waren ein wenig ausgewaschen, die Fleece-

Jacke hatte schon bessere Tage gesehen und ich musste mir eingestehen, dass ich noch nie so abgerissen ein Nobelrestaurant betreten hatte. Ich war mir nicht sicher, ob ich damit durchkommen würde. Ich hätte nur einen kurzen Moment, mein Gegenüber dafür zu gewinnen, mich nicht abzuweisen. Es würde eine ganze Woge an Charme und Überzeugungskraft dafür nötig sein. Aber erfreulicherweise musste ich nicht eine Sekunde den erwarteten geringschätzigen Blick des jungen Manns aushalten, der kurz hinter der Eingangstür auf mich zukam. Vielleicht weil ich aus dem Westen kam, wurde über meine Kleidung hinweggesehen. »For one?«, fragte ich. Er deutete mit einem Lächeln auf einen der Plätze am Tresen – mit Blick auf die offene Küche. Ich strahlte. Er hätte mir keinen besseren Platz zuweisen können. Ich bestelle das »Chef's Signature Menu«, so um die zehn Gänge, das sollte reichen, um mich wieder mit der Welt zu versöhnen. Ob ich das Extra mit *Hanwoo*-Fleischgang noch dazu buche wolle, fragte er mich. Ich hatte von diesem außergewöhnlichen Fleisch, dem koreanischen Pendant des *Kōbe*-Rinds, das nicht exportiert wurde, gelesen. Natürlich wollte ich. Und ja, ein Glas Champagner zum Auftakt wäre wunderbar. Ich spürte, wie sich mit jedem Schluck meine Sehnsucht nach einer vertrauten Umgebung zurückzog, eine kurze Verbeugung noch, und dann ging sie ohne Applaus ab. Als zusätzliche Aufmunterung schickte die Küche, eine winzig kleine Küche, die ich direkt vor mir sah, ein kleines Glas mit koreanischem *Kombucha,* gekrönt von einer Creme mit dezentem Räucherfisch-Geschmack und einem kleinen *Fishcake.* Eine kühne Kombination, frisch säuerlich, mit deutlichen Fermentationsaromen traf auf rauchige Noten. Weiter ging es mit einem gefüllten Ei. »Sein Signature-Amuse«, flüsterte mir der Kellner mit einem wohlwollenden Zwinkern zu. Und ja, nachdem ich den kleinen Löffel darin versenkt und ihn dann auf meiner

Zunge platziert hatte, verstand ich, warum. Eine geradezu überirdisch luftige Creme, deren zarte Geschmacksnoten sich in mehreren Schichten öffneten, füllten meinen Mund. Diese herrlich aromatische Creme feuerte aus allen Rohren auf meine genussgierigen Synapsen. Am liebsten hätte ich diese Köstlichkeit sofort noch dreimal bestellt, aber es ging bereits weiter mit der dritten Aufmerksamkeit aus der Küche: ein Stück frische Feige auf einem herbstlichen Pesto mit Süßholz. Wiederum wunderschön präsentiert, in einer Schale, gefüllt mit schwarzen Bohnen. Ich spürte, wie mit jedem weiteren Gang meine Sinne wacher wurden: »Das genau ist es, das ist großartig, höre niemals damit auf!«, jubelten sie. Ich hatte Sehnsucht und genau hier hatte sie nun einen wohligen Hafen gefunden. Eine Jakobsmuschel mit koreanischer *Yams*, Yuzugelee, schwarzem Sesam und verschiedenen lokalen Wurzeln betrat meine kleine Bühne am Tresen. Leicht, luftig und von ausgewogenem Zusammenspiel zwischen erdig und säuerlich. Sehr nach meinem Geschmack. Dazu bekam ich einen Reiswein, der sich anmutig über diese Aromen legte. Es folgte ein Vanille-Dumpling mit Hähnchen und Topinambur. Für die Brühe seien sechzehn verschiedene Wurzeln verkocht worden, wurde mir erklärt. Ich nickte andächtig. Es war eine atemberaubend gute und würzige Brühe, die ganz besonders gelungen die leichte Vanillenote akzentuierte. Ich steuerte auf den Höhepunkt des Menüs zu: das *Hanwoo*-Rind. Als der Kellner den Teller vor mich stellte, konnte ich nicht anders und musste meine Augen schließen, weil ich zuerst nur den Duft aufnehmen wollte. Da waren Trüffel, es roch nach Butter, erdige Noten, gemischt mit Spuren von fruchtigem Pfeffer, und von irgendwoher schwebte noch etwas vorbei, das an Moos und Schokolade erinnerte. Das kleine Stück aus der Lende war gegrillt und wurde mit einer *Daenjang*-Trüffelsauce serviert. *Daenjang* ist das koreanische Pendant zum japanischen *Hatcho Miso* und wird rein aus fermentierten Sojabohnen hergestellt. Dazu gab es ein aufregend gewürztes Püree aus Karotten, das ein bisschen an das in Balkanregionen populäre Ajvar erinnerte. Das Fleisch war so zart, dass ich es beinahe mit der Zunge am Gaumen hätte zerdrücken können. Es war nicht so überwältigend fettig wie *Kōbe,* obwohl fettig eines der ersten Attribute war, das mir durch den Kopf schoss. Es war eine »fettige Saftigkeit« und hatte einen sehr authentischen Rindergeschmack. Es war sensationell. Ich war glücklich und mit einem fast seligen Grinsen im Gesicht lobte ich das Dessert, das noch einmal auf eindrucksvolle Weise das Credo – Neo Asian Cuisine – in Form von Kastanien-*Makgeolli*-Eiscreme (Makgeolli ist trüber koreanischer, eher einfacher Reiswein) und einem kleinen Kuchen mit fermentierter Ananas präsentierte. Süß, salzig, ein Hauch bitter. Dazu bekam ich einen ganz besonders üppigen Reisschnaps. Der war so außergewöhnlich, dass ich den Kellner fragte, wo ich so einen bekommen könnte. Er nannte mir eine Adresse, zu der ich auch sofort im Anschluss an dieses Essen fuhr, doch ich verlor mich in kleinen Gassen und konnte mal wieder die Schilder nicht richtig lesen. Obwohl ich noch einige Passanten angesprochen und nach dem Weg gefragt hatte, musste ich mich letztendlich geschlagen geben. Dieser Schnaps war wohl dazu bestimmt, eine Erinnerung zu bleiben.

Martinique

STOLZER RUM UND HUNDESAUCE

Da lag sie unter mir, die Insel unter dem Wind, ihre Berge leuchteten saftig grün und sahen aus wie gefalteter Samt, das Meer darum glitzerte. Ja, selbst aus dieser Höhe konnte ich es glitzern sehen. Und die türkisfarbenen Flecken darin kamen immer näher. In wenigen Minuten würde ich auf Martinique landen. Es war mein erster Besuch auf einer Karibikinsel. Ich war beseelt von der Idee, die kreolischen Küchen-Geheimnisse dieses Eilands zu lüften, und träumte von aromatischen Gewürzen, dunkler Zuckerrohrmelasse, die mit fruchtigem Pfeffer einem Brathähnchen zu bisher unbekannten Geschmacksexplosionen verhelfen würden. Doch zuerst musste ich mich mit einem Kleinwagen, steilen Straßen, Bodenwellen und einer zickigen Kupplung beschäftigen. Normalerweise bin ich eine Fahrerin, der es schon in Fingern und Gasfuß juckt, wenn ein Auto mit fünfzig Stundenkilometern vor mir herfährt. Hier zuckelte ich mit einer Höchstgeschwindigkeit von etwas über zwanzig die Berge hoch. Hinter mir bildeten sich lange Schlangen, alle konnten das hier offensichtlich viel besser als ich, doch sie waren geduldig mit mir. Zweimal auf meinem Weg zum Hotel fuhr ich in eine Parkbucht und ließ sie vorbei. Kurz nachdem ich überzeugt war, den Bogen mit diesen Haarnadelkurven raus zu haben, tauchte irgendwo schon wieder eine tückische Bodenwelle vor mir auf. Die übrigen Verkehrsteilnehmer kennen diese Bodenwellen, wissen, wie man die Serpentinen der Küstenstraße souverän meistert, aber ich, die zuhause gerne über die Autobahn auf der linken Spur braust, musste hier meine erste Demutslektion im Schneckentempo erfahren.

Als ich das Hotel erreichte, dämmerte es bereits. Ich stellte meinen Koffer ab, zog ein luftiges Kleid an und ging hinaus auf den Balkon. Warme, mollige Luft umfing mich. Ich kam aus dem Winter in Deutschland. Meine Haut konnte statt Wolle endlich wieder direkte warme

Nachtluft spüren. Das Hotel lag auf einer Anhöhe, von wo aus ich über die Bucht schauen konnte, unten am Strand entdeckte ich viele Lichter von kleinen Restaurants. Genau dahin wollte ich. Schließlich hatte ich eine Mission. Ich sollte über einen internationalen Wettbewerb für Bartender berichten, die sich vom Nationalgetränk *Ti Punch* hatten inspirieren lassen, ihre Vorschläge in nationalen Ausscheidungen eingereicht hatten und ausgewählt wurden, ihre Kreationen auf einer der ältesten Habitations – so heißen die Rum-Destillerien auf der Insel – einer Jury zu präsentieren. Also stimmte ich mich schon einmal ein und bestellte gleich im ersten Restaurant, in dem ich einen freien Tisch fand, einen *Ti Punch.* Und bekam ein Glas Rum, eine Limette und ein Tütchen braunen Zucker. Ich war ein wenig verwundert. So etwas Einfaches hatte ich jetzt nicht erwartet. Ich presste also die Limette in den Rum, rührte den Zucker hinein und probierte. Gut, in leicht abgewandelter Form kannte ich so etwas bereits aus meinen Studentenzeiten, dunkler Rum mit Limettensirup. Wenn dies alles sein sollte, dann war für die Mixer dieser Welt noch viel Luft nach oben. Ich bestellte mir gleich noch ein Glas. Schließlich sollten der karibische Rum und ich uns ja näher kennenlernen. Doch dass dies in einer einfachen Strandbar kaum gelingen konnte, wurde mir schnell bewusst. Wollte ich dem Rum also tatsächlich näherkommen, war der Besuch einer Brennerei unerlässlich. Und so fuhr ich am nächsten Morgen, einen Tag vor dem Wettbewerb, in eine Destillerie. Bereits beim Betreten des Geländes, strömte mir ein süßlicher, malziger Duft entgegen. Ich lief vorbei an riesigen Bergen von ausgequetschtem Zuckerrohr, bestaunte alte Fässer mit ordentlicher Staubschicht und ließ mir die großen Brennanlagen erklären. Alles diente dazu, meine Sinne auf die anschließende Verkostung vorzubereiten. Wir begannen mit den eher einfachen Sorten, doch schon diese dufteten nach salziger Luft und Kokosnüssen. Je älter und dunkler es in meinem Glas wurde, desto mehr zogen Aromen von Tabak, Leder und tropischen Früchten an mir vorbei. Dazu wurden kleine Kokostörtchen gereicht, die in Kombination mit dem Rum hervorragend schmeckten. Ich merkte, wie sich langsam ein Weichzeichner über alles legte. Der Rum machte sich auf samtige Art in meinem Körper breit und ich begann, die feinen Nuancen der verschiedenen Holzfässer zu schmecken. Beinahe war es so, als erzählten sie mir eine Geschichte. Gerade, als ich bereit war, mich gänzlich in diese warmen Töne hineinfallen zu lassen, war die Verkostung zu Ende. Ich kaufte eine Flasche, legte sie ins Auto, fuhr an den Strand und verbrachte den Rest des Tages dösend in einem Liegestuhl im Schatten.

Erst als die ersten Grills am Strand angezündet wurden und man das würzige Öl, mit dem das Grillgut eingepinselt war, riechen konnte, fiel mir auf, dass ich inzwischen großen Appetit und Sehnsucht nach frischem Fisch hatte. Ich folgte der Empfehlung für ein kleines Restaurant, dessen einfache Küche sehr gut sei. Genau das wollte ich. Mehrere Fischarten und Langusten standen zur Wahl und ich entschied mich für ein Thunfisch-Steak. Fast noch mehr als auf den Fisch freute ich mich auf die typische Chilisorte, *Scotch Bonnet,* die beinahe den gesamten karibischen Raum dominiert. Sie heißt so, weil ihre Form an eine Schottenmütze erinnert. Nur einmal zuvor hatte ich sie auf einem Markt bekommen. Sie ist nicht nur ziemlich scharf, sondern hat auch ein fruchtiges Aroma. Ob ich eine *Sauce Chien* zu meinem Fisch wolle, wurde ich gefragt. Kurz kramte ich in meinem Gehirn nach der Übersetzung und als dieses beim Wort »chien« Hund ausspuckte, schaute ich ein wenig irritiert. Eine Hundesauce? Ich blickte den Kellner ratlos an. Doch er zwinkerte mir nur zu und stellte eine Schale mit einer leichten Sauce aus Kräutern, Chilis und Zwiebeln vor mich hin. Ich lernte, dass dies die Sauce der Antillen ist, dass man sie sowohl zu Fisch, als auch zu Fleisch serviert. Kurz, man gibt diese fantastische Mischung aus Petersilie, Limette, Öl, Chili, Knoblauch und Zwiebel über so ziemlich alles. Besser kann man meiner Meinung nach einen frischen Fisch vom Grill nicht krönen. Sie erinnert ein wenig an *Chimichurri,* die argentinische Kräutersauce, in der jedoch noch mehr Kräuter sind. Die Hundesauce schmeckte mir so gut, dass ich beschloss, von nun an, an jedem noch verbleibenden Tag auf Martinique irgendetwas mit *Sauce Chien* zu essen. Zwar sollte ich auch noch Colombo kennenlernen, eine typische Gewürzmischung der Insel, mit der Eintöpfe und Gemüsegerichte verfeinert werden, doch vielleicht war es einfach diese unwiderstehliche Mixtur aus Zitrusfrucht und Kräutern, die für mich so sehr nach karibischer Stimmung schmeckte, dass ich mit ihr all meine Reservoirs für kommendes Fernweh auffüllen wollte.

Der nächste Tag stand wieder ganz im Zeichen des Zuckerrohrs, der *Ti Punch* Cup war gekommen. Bereits am Vormittag lernte ich die Teilnehmer aus aller Welt kennen, in der ersten Runde ging es darum, nochmal alle Cocktails zu präsentieren, mit denen sie sich für die Teilnahme qualifiziert hatten. Und die waren weit entfernt von dem Glas Rum, das mir mit einer Limette und einer Tüte Zucker serviert worden war. Im Mittelpunkt stand noch immer der dunkle Rum, doch jetzt wurde er flankiert von Essenzen und Sirups aus Kräutern, tropischen Früchten, Rauch und weiteren Destillaten. Wie ein vielschichtiges Parfüm hüllte uns der Duft von altem, vollmundigem Rum ein. Überall konnte man Rum verkosten, sich von den Mix-Kreationen inspirieren lassen, zwischendurch den weitläufigen Park schlendernd durchqueren, während mehr und mehr Menschen von der ganzen Insel herbeiströmten. Mir wurde klar, wie sehr die Tradition Martiniques vom Rum geprägt und wie stolz man darauf ist.

Ich kaufte eine weitere Flasche und noch zwei Flaschen mit Zuckerrohrsirup. Langsam würde ich mit meinem Koffer ein echtes Gewichtsproblem bekommen. Die letzte und vierte Flasche kaufte ich dann noch am Flughafen. Mein Kopf war voll von Erinnerungen an die kühnen Kombinationen, die man ausgehend von Rum, Limette und Zucker kreieren konnte, dass ich unbedingt etwas davon mit nach Hause bringen wollte. Zwar blieb es mir verwehrt, sie alle aus dem Gedächtnis nachzumixen, doch wann immer ich eine Portion Karibik brauche, hacke ich Petersilie, Zwiebeln und Knoblauch, mische sie mit Salz, Chili, Limettensaft und Öl, gieße das Ganze über einen gebratenen Fisch und trinke dazu einen *Ti Punch*. Dann schließe ich die Augen, sehe wieder die üppige Vegetation, die vielen Blumen und riesigen Farne, die so sehr nach Urzeit aussehen, dass man sich wie in einer vergessenen Welt fühlt – und irgendwie passt dann selbst ein Dinosaurier noch ins Bild.

Japan, Kyōto

LE SAKE ÉROTIQUE

Bei meinem ersten Besuch in Kyōto hatte ich einen Fehler gemacht. Ein Bekannter hatte mir im Vorfeld die Empfehlung gegeben, wenn ich mal so richtig gehoben japanisch essen gehen wollte, also beispielsweise in ein vom Guide Michelin ausgezeichnetes Lokal, mich darauf einzustellen, dass ich nicht in jedem Restaurant willkommen sei. Manche der Küchenchefs hätten keine Lust auf Langnasen und ich solle es über eine Booking Agentur probieren. Aber damit war ich schon beim ersten Anlauf glücklos.

Nun sollte es anders laufen: keine Agentur. Ich setzte voll auf den Concierge meines zugegebenermaßen wirklich sehr stilvollen Hotels und hatte im Vorfeld bereits eine kleine Auswahl getroffen. Die Liste für Kyōto ist lang. Allein 64 Restaurants mit einem Stern, 23 mit zwei Sternen und sogar acht Restaurants mit drei Sternen. Die Drei-Sterne-Liga erfordert allerdings ein recht üppiges Portemonnaie. Hier landet man schnell in Bereichen um die 300 Euro – natürlich ohne Getränke. Die freundliche Dame vom Concierge-Service nahm meinen Wunsch entgegen, sie telefonierte und während ich versuchte, ihrer Mimik zu folgen, bereitete ich mich ob ihres betrübten Ausdrucks innerlich bereits auf die nächste Absage vor. Für heute sei leider nichts mehr möglich, aber morgen gäbe es noch einen Platz, erklärte sie mir. Ich strahlte sie an. Unbedingt, ja bitte! Voller Euphorie gab ich ihr gleich noch eine weitere Adresse und auch hier hatte ich Glück. Ein Platz wäre verfügbar. Und ja, für heute. Pünktlich um 19 Uhr sollte ich erscheinen. Ob sie mir auch ein Taxi rufen dürfe, wurde ich gefragt. Ich nickte lächelnd. Ein triumphales Gefühl machte sich in mir breit.

Doch als das Taxi mit mir an Bord kurz vor der ausgemachten Uhrzeit in die Straße des Restaurants einbog, konnte mein Fahrer besagte Adresse nicht finden. Dreimal fuhr er die schmale Straße auf und ab. Sicherlich versuchte er mir gerade zerknirscht auf Japanisch diesen betrüblichen Umstand zu erklären, doch ich verstand kein Wort und war überhaupt keine Hilfe, außer, dass ich ihm aufmunternd zulächelte. Er signalisierte mir, im Wagen zu warten. Der kleine alte Mann hastete über die Straße, um einen Verkäufer, der gerade seinen Laden abschloss, nach dem Restaurant zu fragen. Und glücklicherweise wusste dieser, wo ich den nur schwach beleuchteten Eingang finden sollte. Mein Fahrer war erleichtert. Ich betrat einen winzigen Flur, wo eine Dame mir Mantel und Schuhe abnahm und mich zu meinem Platz geleitete. Was immer ich auch erwartet hatte, ein solch kleiner Raum war es nicht. Eigentlich handelte es sich nur um eine Küche mit Tresen, an dem genau sieben Personen Platz hatten. Ich war die Nummer sieben. Die Primzahl, ohne die dieser Abend nicht beginnen konnte. Die Aufmerksamkeit der anderen Gäste war mir gewiss. Neugierig, aber nicht zu offensichtlich, taxierten sie mich. Ich identifizierte eine Gruppe aus drei Herren und eine Gruppe aus zwei Frauen und einem Mann. Ich begrüßte den Küchenchef und seine Frau. Beide würden sich für den weiteren Abend um uns kümmern. Sie sprach ein wenig Englisch und fragte mich, was ich trinken möchte. Ich entdeckte vor den beiden Gruppen, die übers Eck am Tresen saßen, jeweils eine Flasche *Sake*. »Sake«, erwiderte ich also freundlich. Natürlich hätte ich jetzt allzu gerne mit meinen rudimentären *Sake*-Kenntnissen gepunktet, hätte ihr in epischer Breite erklärt, weswegen ich eine dominante Süße nicht so sehr schätze, sondern lieber etwas Trockenes mag – doch ich blieb einfach still. Sie nahm eine der großen Flaschen und schenkte mir ein Glas ein. Ich kostete und nickte ihr dankend zu. Sie hatte auch ohne ausschweifende Erläuterungen genau meinen Geschmack getroffen. Küchenchef Okamoto arbeitete konzentriert, richtete aber immer wieder das Wort an seine Gäste. Wohlgemerkt an seine japanischen Gäste, denn noch war ich ihm entweder nicht so recht geheuer oder es fehlte ihm einfach das englische Vokabular, was mich jedoch in die Lage versetzte, schweigend zu verfolgen, wie er die Speisen zubereitete. Zu Beginn des Menüs gab es eine Zwiebelsuppe mit *Sansho*-Pfefferblüten. Auch wenn ihn viele als Pfeffer bezeichnen, ist *Sansho* botanisch gar keiner, sondern eine in Japan heimische Zanthoxylum-Art, die pfeffrig scharf schmeckt, leicht die Zunge betäubt und ein angenehmes Prickeln hinterlässt. Die Suppe war cremig aber nicht sahnig, sie war schlicht wunderbar. Auch um mich herum fand sie Zuspruch. Man nickte sich zu. Die zwei Gruppen, die sich offensichtlich nicht näher kannten, kamen ins Gespräch. Ich blieb außen vor, spürte aber, dass sie wohl auch über mich redeten, verstand jedoch kein Wort. Ich war damit beschäftigt, mir Notizen zu machen, was zwar keinen Argwohn, aber unverhohlene Neugier weckte. Gespannt verfolgte ich, wie der nächste Gang angerichtet wurde und war entzückt, weißen Spargel zu sehen. Eine Rarität! Zu diesem servierte Küchenchef Okamoto eine *Abalone* mit Lebercreme, *Daikon,* dem japanischen Rettich, und einer Eiersauce, die ein klein wenig unserer *Hollandaise* ähnelte, jedoch keine Butter enthielt. Das war sehr raffiniert und mir war sofort bewusst, dass sich allein für diese Sauce der Besuch gelohnt hatte. Was das Trinktempo anging, so gab ich mir Mühe, mit den anderen Gästen mitzuhalten, die bereits ihre zweite große Flasche vor sich hatten. Ich bestellte mir wieder nur ein Glas. Und prostete ihnen zu, was sie auch erwiderten. Vielleicht würde das helfen, mich nicht als europäischen Fremdkörper zu empfinden. Kampai – zum Wohl! Es machte ihnen zusehends Freude, nicht nur den Küchenchef bei seiner Arbeit zu beobachten, sondern auch mich, wie ich mit diesem Essen umging. Ich versuchte eine Unterhaltung zu beginnen, denn dies war offensichtlich genau das, worum es in die-

ser Wohnzimmeratmosphäre von Restaurant ging, doch wie sich herausstellte, sprach keiner von ihnen auch nur eine Silbe Englisch. Und so lächelte ich einfach wieder. Kaum war der Gang vorbei, gab es neuen *Sake,* während vor meinen Augen perfekte Nocken aus einer gekräuterten Fischfarce abgestochen und geformt wurden. Die Nocken wurden gedämpft und mit frischer *Yuba* (Sojahaut) sowie *Sansho*-Blättern in einer vollmundigen Brühe, Dashi, serviert. Während Küchenchef Okamoto uns jeden Gang ausführlich erklärte, bekam ich immerhin eine kleine charmante Übersetzung. Mit jeder weiteren Flasche Sake nahm die neugierige Zurückhaltung meiner Tischnachbarn weiter ab und sie verfolgten gespannt meine Reaktionen. Als deutlich wurde, dass *Sansho, Yuba* und *Dashi* für mich keine Fremdwörter waren, nickten sie mir wohlwollend zu. Das Eis war gebrochen. Nachdem sie verstanden hatten, dass ich aus Deutschland kam und mir die japanische Küche und ihre Zutaten keineswegs fremd waren, stammelte einer der drei Herren ein kaum zu verstehendes »Guten Tag«. Ich lächelte ihn an und antwortete mit einem »Konichiwa«. Die beiden etwas aufgetakelten Damen um den älteren Herrn in ihrer Mitte legten nun auch ihre Scheu ab und prosteten mir kichernd zu. Und weil ich nun ständig irgendwem zuprosten durfte, war mein Glas auch schon wieder leer. Vor meinen Augen begann Frau Okamoto, Wasabi auf einer Haifischhaut zu reiben. Bereits zuvor hatte ich gelernt, dass die raue Haut des Hais die einzig wahre und vor allem traditionelle Art ist, die Wurzeln des Wasabis zu reiben. Es würde also gleich rohen Fisch geben. Dieser wurde wie ein *Carpaccio* auf Pinienkernen, hauchfeinem Schnittlauch und Schnittknoblauch serviert. Dazu gab es frische Dicke Bohnen vom Grill. Ermuntert durch ein nun zunehmend lockeres, familiäres Flair bestellte der Gast neben mir eine weitere Flasche *Sake.* An der Reaktion der Anwesenden merkte ich, dass es sich um eine besondere Flasche *Sake* handeln musste. Die Damen kicherten verhalten. Erstaunlicherweise wurde diese Flasche entkorkt und nicht wie sonst einfach aufgedreht. Neugierig schaute ich auf das Etikett: »Le Sake Érotique« stand da. Außerdem las ich Nagano, wo dieser *Sake* offensichtlich herkam, aber auch französische Namen. Mein Interesse stieß auf Wohlwollen und schon winkte der Besteller der Flasche nach einem weiteren Glas. Ich solle probieren, gab er mir gestikulierend zu verstehen. Ich bedankte mich mit einer kleinen Verbeugung und kostete. Ich erkannte eine deutliche Weinnote in diesem *Sake,* in dem jedoch trotzdem auch die pudrigen Reisnoten vertreten waren. Er war keinesfalls so schlüpfrig, wie sein Name vermuten ließ, sondern etwas Außergewöhnliches. Ich schmeckte eine trockene Süße, eine sehr selbstbewusste Hefenote und einige florale Nuancen. Das war eindeutig der ungewöhnlichste und zugleich eleganteste *Sake,* den ich bisher getrunken hatte. Vielleicht, weil in dieser französisch-japanischen Allianz das Beste aus beiden Welten vereint wurde. Frau Okamoto fügte noch hinzu, dass dieser Sake von einem Weingut stamme, dessen Trauben ohne jegliche Pestizide angebaut würden. Es gäbe nur eine sehr geringe Menge davon und er sei ausgesprochen schwer zu bekommen. Ich schätzte mich sehr glücklich, ihn kennenlernen zu dürfen. Und obwohl wir für den restlichen Abend nur mit Gesten und Blicken kommunizierten, war es mir nicht entgangen, dass wir, die sieben Gäste, drei Parteien, die sich vorher noch nie gesehen hatten, mit dem Küchenchef zu einer Einheit verwoben wurden. Wir lobten ihn und freuten uns, sobald ein neuer Gang die Bühne betrat. Und als wir alle kurz in Dampf gehüllt wurden, weil Chef Okamoto den Deckel einer großen Schale anhob, in der er Alfonsino, einen Fisch, auf Kirschblättern gedämpft hatte, war es schon fast ein vertrautes Gefühl, diesen Abend miteinander zu teilen. Es war gelungen, aus einander unbekannten Gästen eine lustvoll genießende Einheit zu schaffen. Obwohl ich immer noch nicht in der Lage war, mich den anderen mitzuteilen, hatte ich den Eindruck, dass sie überzeugt waren, dass ich verstanden hatte, worum es bei diesem Essen ging. Ich aß butterweich gedämpfte Fischkiemen mit der gleichen Begeisterung, wie die sanften frischen Bambussprossen, die in Japan im Frühling ebenso sehnsüchtig erwartet werden wie zuhause in Deutschland der weiße Spargel. Nach drei weiteren Gängen fand das Menü seinen Abschluss. Zuletzt gab es *Mochis,* die frisch gedämpft wurden und ganz entfernt an Buchteln erinnerten. Sie waren warm, weich, mit *Matcha* und einer Kirschblüte verziert. Dazu gab es Ingwer-*Sake,* dessen feine Ingwernoten am Gaumen haften blieben und mich begleiteten, als ich hinaus in die Nacht trat. Ich schwebte ein bisschen, hatte ich doch mindestens sieben verschiedene *Sake* an diesem Abend getrunken. Zurück im Hotel, blätterte ich in meinen Notizen. »Ein Hauch von Parfum, vergorenen Trauben, Seide und Salz«, war, was ich zu *Sake* Érotique geschrieben hatte.

Norwegen, Lofoten

POLARKRABBEN, VON NORDLICHT KEINE SPUR UND DIE JAGD NACH EINEM BESONDEREN SALZ

In einer Dezembernacht nördlich des Polarkreises stand ich auf einer Insel, starrte in den Himmel und wartete auf ein Leuchten. Und auch am zweiten Abend meiner Reise sah ich genau das – nichts. Keine Leuchterscheinung, keine fluoreszierenden Schleier, die über den Himmel zogen. Von Aurora Borealis, dem Polarlicht, fehlte jede Spur. Der Himmel war wolkenverhangen und düster. Immer wieder regnete es. Regen! Wenn ich mit etwas nicht gerechnet hatte, so war das Regen. Ich hatte arktische Temperaturen erwartet, klirrende Kälte und Schnee. Ich hatte mich von dem Wort »Polar« in Polarkreis in die Irre führen lassen, mir extra noch eine dicke Daunenjacke besorgt und meine Rechnung ganz offensichtlich ohne den Golfstrom gemacht. Der sorgte nämlich dafür, dass im Dezember die Temperaturen dort auch nicht niedriger waren als zuhause in Bayern. Etwas niedriger vielleicht. Dann plötzlich ein leichtes Aufflackern hinter einem Berg. Könnte dies das Nordlicht sein? Noch bevor es sich ausweiten konnte, schob sich schon wieder die nächste Wolke davor. Es war entmutigend. In Norwegen gibt es etliche Apps, die man sich auf dem Mobiltelefon installieren kann und welche eine Vorhersage darüber liefern, wo man zu welcher Stunde die größte Chance auf ein Himmelsspektakel haben könnte. Ich hatte mir eine solche auch gleich installiert, nur um zu sehen, dass auch in dieser Nacht nichts passieren würde. Kurz vor der Mittagszeit des darauffolgenden Tages wurde ich dann aber mit dem eindrucksvollsten Sonnenaufgang des gesamten Aufenthalts belohnt. Die kargen Berge um mich herum begannen zu glühen, ein flammendes Orange am Firmament verwob sich mit den lila-blauen Resten des Nachthimmels und tauchte die ganze Landschaft in ein Licht, das auf dem Mars sicher nicht schöner hätte sein können. Wie berauscht starrte ich auf die Täler und Bergspitzen. Alles erschien unwirklich unter diesem flammenden Himmel.

Die Sonne würde nicht hoch steigen und nach etwa zweieinhalb Stunden wieder untergehen. Noch weiter oben im Norden, in Tromsø, war sie zu dieser Jahreszeit bereits völlig verschwunden. Ich hatte vor meiner Reise in den Norden viel darüber nachgedacht, wie belastend es wohl für die Menschen ist, die hier wohnen, mit solch langen Nächten zu leben. Doch jeder, den ich fragte, meinte nur, es lebe sich besser, als wenn es gar nicht dunkel würde wie in den Sommermonaten. Ich war weniger neidisch auf diese langen Nächte, auf das Polarlicht allerdings schon und hoffte weiter darauf. Zwei Nächte blieben noch. Zwei weitere Chancen. Denn neben der Aussicht auf Polarlichter waren da noch die besonderen Köstlichkeiten, die es zu entdecken galt.

Gleich am ersten Abend machte ich die Bekanntschaft mit der *Kamtschatka*-Krabbe, einem großen Krebs, der, wie sein Name vermuten lässt, ursprünglich aus weit östlicheren Regionen des Polarmeeres stammt, jedoch in Nordnorwegen angesiedelt wurde und sich hier ausgesprochen freudig vermehrt. Sein Fleisch ist süßlich und saftig. Außerdem gab es frittierte Dorschzungen. Im Januar, wenn die Saison des Winterkabeljaus beginnt und sich alle an den Küsten auf die Produktion von Stock- und Klippfisch vorbereiten, ist es oftmals die Aufgabe der Kinder und Jugendlichen, den Fischköpfen die Zungen herauszuschneiden. »Kinderarbeit?«, fragte ich und schaute irritiert. In meiner Vorstellung von einer zivilisierten Gesellschaft gehören Kinder in die Schule und nicht in eine Fischfabrik! Doch der Job ist überaus begehrt unter den Jugendlichen. Nicht wenige haben sich damit ihren Führerschein finanziert oder mit dem Ferienjob ihr Sparbuch aufgestockt. Auch der Küchenchef, der die Polarkrabbe und die Dorschzungen zubereitet hatte, erzählte begeistert davon, wie viel Spaß er damals bei diesem Job hatte.

Dorschzungen sind eine Spezialität, sie schmecken beinahe cremig und hätte man mir nicht verraten, was ich gerade esse, so wäre ich sicher nie darauf gekommen. Ganz besonders freute ich mich jedoch auf *Geitost,* den Braunkäse, der aus der Ziegenmolke gemacht wird. Ich wollte mehr darüber erfahren und besuchte eine Ziegenfarm, die diesen Käse herstellt. Um Braunkäse zu machen, wird die Molke so stark konzentriert, bis der darin enthaltene Milchzucker karamellisiert und dem Käse seine Farbe und seinen süßlichen Geschmack verleiht. Meist wird er aus Kuhmilch gemacht, doch von der Ziege schmeckt er so, als habe man einen aromatischen Ziegenfrischkäse bereits mit Honig vermischt. Während der Braunkäse reift, wird er alle paar Tage mit einer Salzlake eingerieben. Das Geheimnis, meinte Knut der Käsemeister, sei die Salzkonzentration; sie sollte wie die von Tränen sein. Das sei der optimale Salzgehalt für den Käse. Und man müsse sanft mit der Ziegenmolke umgehen, wenn man sie einkocht. Je schonender dieser Prozess von statten ginge, desto besser sei hinterher der Käse, lernte ich.

Spätestens jetzt, nach Dorschzungen, Polarkrabbe und Ziegen-Braunkäse hätte ich rundum zufrieden sein können, doch etwas fehlte noch. Etwas, was diese Reise zu etwas ganz Besonderem machen würde. Noch hatte ich es nicht gefunden. Aber es wartete bereits auf mich: Es war Salz. Ein ganz besonderes Salz. Es wurde zu einem rustikalen Eintopf aus Möhren, Kartoffeln und Stockfisch gereicht. Es war ein mit einer speziellen Alge aromatisiertes Salz. Mit Trüffelalge, auch Trüffeltang genannt. Als ich das Salz probierte, war ich wie elektrisiert. Es schmeckte tatsächlich nach Trüffel. »Und da ist kein zusätzliches Aroma drin?«, wollte ich wissen. »Nein«, antwortete die Küchenchefin, »der Geschmack ist einzig und allein der Alge zuzuschreiben«. Das Salz komme aus einer kleinen Manufaktur auf den Lofoten, die von zwei Frauen geführt wird. Ich musste dieses Salz haben. Ich würde nicht eher nach Hause fliegen, ohne nicht mindestens eine Dose davon gekauft zu haben. Wo ich es denn bekommen könne, wollte ich wissen. Und genau da wurde es kompliziert. Eigentlich hätte es im gut sortierten Supermarkt erhältlichsein müssen, aber egal wo ich suchte, es war nicht zu finden. Ich fragte in Feinkostgeschäften, doch überall hieß es nur »kommt bestimmt wieder, aber grad sind wir ausverkauft«. Es sei eben nur eine kleine Manufaktur. Und mir lief die Zeit davon. Ich hatte nur noch einen Tag, um es aufzuspüren. Ich wurde nervös. Polarlicht hin oder her, das war plötzlich nicht mehr so wichtig. Ich schaute zwar weiter in den Nachthimmel, aber nur, um mich abzulenken und nicht ständig an kleine grüne, mit Trüffelalgensalz gefüllte Dosen zu denken. Es funktionierte nur mäßig. Wenn ich ehrlich bin, sah ich irgendwann grüne Dosen am Nachthimmel, aber kein Polarlicht.

Auch am folgenden Tag blieb die Suche erfolglos. Ich streifte durch jeden Laden in Henningsvær. Ich aß ein wunderbares Risotto aus Dinkel, mit arktischem *Bottarga* gewürzt, und normalerweise hätte man im Restaurant die Salze kaufen können, aber auch hier hieß es, es sei derzeit nicht lieferbar. Mittlerweile hatte ich die gesamte Reisegruppe mit meinem Verlangen nach diesem Salz infiziert. Der einen Hälfte ging ich damit auf die Nerven, die andere Hälfte suchte beherzt mit. Es war der letzte Abend. Am kommenden Morgen sollte ich zurück nach Deutschland fliegen. Das letzte Abendessen, der letzte *Gløgg*. Plötzlich kam einer aus der Gruppe mit einem breiten Grinsen auf mich zu. Er sei gerade auf dem Weg nach draußen an einer unbeleuchteten Vitrine vorbeigekommen und ich solle jetzt mal raten, was er darin entdeckt hatte. Ich spürte ein Kribbeln, das meinen Rücken herunterrollte und sich über meinen ganzen Körper verteilte. Es konnte nur DAS Salz sein. Sofort sprang ich von meinem Platz auf und lief zu dieser Vitrine. Und richtig: Da stand es. Zwei Dosen Trüffelalgensalz und mehrere Dosen mit anderem Algensalz. Ich hatte es gefunden – und kaufte alle Dosen. Zuhause könnte es sich einreihen bei den Salzvorräten aus der Kalahari, aus Japan, aus Hawaii, aus verschiedenen Regionen Frankreichs, Großbritanniens und Spaniens. Nun also auch ein Salz mit Pinselbüschelalge. Diese wächst auf Knotentag und ihr Gehalt an Dimethylsulfid wird von uns als Trüffelaroma wahrgenommen.

So wandte ich meinen Blick nach dem Essen ein letztes Mal dankbar in den Nachthimmel und sah wieder nur ein leichtes Glimmen. Glücklich war ich trotzdem, auch ohne Polarlicht.

Honduras, San Pedru Sula

RUM IM DSCHUNGEL UND EIN RETTENDES SCHWEIN

So weit in den Süden wollte ich gar nicht. Nicht nach Guatemala und schon gar nicht nach Honduras. Es passierte, weil mir Reisende von einer Insel vor Honduras erzählten. Dort sei es wunderbar zum Tauchen. Ich konnte zwar nicht tauchen, aber die Aussicht es zu lernen, schien verlockend. Und so war es auch nicht geplant, dass ich am Grenzübergang zwischen diesen beiden Ländern, irgendwo an einer Landstraße im Dschungel, am Fortkommen gehindert wurde. Denn der Bus, der mich weiterbringen sollte, kam nicht. Aber ich war nicht allein gestrandet. Am Vorabend hatte ich Dave und Paul, zwei Designer und passionierte Taucher aus London, kennengelernt, die ebenfalls auf dem Weg zur Küste waren. Wir waren die einzigen, die in der brütenden Mittagshitze in dem Bushäuschen hockten und die staubige Straße anstarrten, während der Schweiß uns langsam den Rücken hinunterlief. Dave meinte, dies sei ein guter Zeitpunkt, die Flasche mit dem venezolanischen Rum zu öffnen. Man könne eh nicht viel mehr machen als zu warten. Wann ein Bus komme, konnte uns keiner sagen, und der Zöllner, der allein in seinem Verschlag vor sich hin döste, gab vor, uns nicht zu bemerken. Dave öffnete die Flasche, doch bevor wir einen Schluck daraus nehmen durften, sollten wir alle unbedingt daran riechen. Dunkle, warme Aromen, feucht und zuckrig, strömten uns entgegen. Aber da war auch kurz eine scharfe Note, die in dieser Hitze an Desinfektionsmittel erinnerte. Er hat recht, dachte ich. Es gibt keinen besseren Zeitpunkt für Rum als diesen. Wir teilten uns einen Becher, den wir reihum reichten. Der Rum schoss sofort in die Knie und von dort zog sich in der Folge ein wattiges Gefühl durch den ganzen Körper. Gerade als ich fühlte, wie ich langsam mit meiner tristen Umgebung verschmolz, kam der Zöllner auf uns zu. Als er vor uns stand, das Hemd seiner Uniform spannte sich über seinen Bauch und zerrte an den Knöpfen, nahm er jeden von uns

Dreien ins Visier und musterte uns. Er sagte etwas, das ich nicht verstand. Keiner von uns sprach so gut Spanisch, um darauf kommen zu können, was er von uns wollte. Dann goss Paul den Becher wieder voll und streckte ihn ihm entgegen. Ein kurzer fragender Blick in die Runde, dann nahm er den Becher und probierte den Rum. »Rico, rico!«, rief er und wedelte mit den Armen. Gleich würden die Knöpfe seines Hemdes nachgeben. »Rico« verstand ich, es heißt reich, steht aber auch für vollmundig und opulent. Er lachte, als er den Becher in seiner Hand betrachtet. Und dann waren wir plötzlich die allerbesten Freunde. Wir standen in dieser brüllenden Hitze im Nirgendwo und feierten, weil es so rein gar nichts zu feiern gab.

Als die Flasche fast leer war, hörten wir ein dumpfes Dröhnen. Der Bus. Dave drückte dem Zöllner die fast leere Flasche in die Hand. »Mach's gut, mein Freund, wir müssen weiter.« Der Bus war brechend voll. Arme griffen nach meinem Rucksack, der über die Köpfe der Reisenden irgendwohin getragen wurde, ich stand mehr oder weniger nur auf den Stufen und hielt mich an einem Griff fest, halb hing ich aus der Tür. Es war egal in diesem Moment, ich vertraute darauf, dass ich und mein Rucksack ankommen würden. Langsam zog die Landschaft an mir vorbei. Wir erreichten einen breiten Fluss, von wo aus es nur noch mit Booten weiterging. Sanfte Hügel mit einzelnen Bäumen, deren Kronen flach wie ein Dach waren, säumten den Fluss, dazwischen wechselten sich Sumpflandschaft und dichter Urwald ab. An einer Anlegestelle mussten wir aussteigen. Um uns herum war nichts außer Weite und trockenem Gras. Der Bus, der uns abholen sollte, könne nicht bis hierherfahren, hieß es. Eine Brücke war zusammengebrochen. Wir mussten laufen und sahen die zusammengestürzte Brücke, die notdürftig für Fußgänger repariert wurde. Im Flussbett lag ein Pickup, der Orangen geladen hatte. Tausende davon lagen einfach so im Fluss. Sie sahen frisch aus, es konnte also noch nicht lange her sein, dass der Wagen eingebrochen war. Als wir endlich den Busbahnhof erreichten, klebte meine Zunge am Gaumen. Keiner von uns hatte Lempiras, die Landeswährung von Honduras. Meine letzten Dollars hatte ich in Guatemala ausgegeben. Eine Einheimische beobachtete uns, wie wir sehnsüchtig den kleinen Verkaufsstand mit gekühlten Getränken anstarrten. Sie kaufte uns eine Cola.

Eine kleine Flasche Cola für uns drei. Unsere Dankbarkeit war dennoch grenzenlos. Während jeder sie in Gedanken für ihre Güte segnete, teilten wir uns zum zweiten Mal an diesem Tag eine Flasche. Nie war diese süße Flüssigkeit köstlicher und willkommener.

Als wir zwei Stunden später San Pedro Sula, die zweitgrößte Stadt von Honduras, erreichten, war es längst dunkel. »Ich habe so einen Hunger!«. Die anderen nickten stumm. Wir hatten seit dem frühen Morgen nichts mehr gegessen. Hungrig und wortkarg folgten wir den erstbesten Hinweisschildern zu einem kleinen Hotel, machten uns kurz frisch und suchten nach einer Möglichkeit, Geld zu wechseln. In den Straßen war es dunkel und leer. Kaum ein Mensch war unterwegs. Was wir brauchten, war ein Geldautomat. Zu dieser Zeit, Ende der 1990iger Jahre, gab es weder Google Maps, noch waren die Bezahlmöglichkeiten nahezu grenzenlos. Bargeld war das Einzige, was uns jetzt weiterbringen würde. Der erste Automat, den wir fanden, war außer Betrieb. Dann, ein paar Ecken weiter, entdeckten wir eine Bank. Das nagende Hungergefühl dröhnte durch meinen Kopf. Ich schob meine Kreditkarte in den Schlitz. Gleich … gleich würde sich dieser Zustand schlagartig ändern. Aber nichts passierte. Der Automat spuckte meine Karte einfach wieder aus. »Du hast für Mittelamerika wohl die falsche Karte«, meinte Dave und probierte es mit seiner. Gespannt starrten wir auf den Bildschirm. Der Automat rumpelte und keuchte. »Welcome, Mr. Buck!« stand plötzlich in leuchtend grünen Buchstaben auf dem Display. Wir quietschten vor Freude und kurz darauf zog Dave die begehrten Lempiras aus dem Ausgabeschlitz. Wir waren dem Essen einen entscheidenden Schritt nähergekommen. Ich spürte die Nachwirkungen des Rums wie ein Dotter aus Quecksilber im Gehirn, das träge hin und her schwappte und hatte

Visionen von gegrilltem Mais, *Tacos* und Bohnen. Kohlenhydrate, möglichst viele Kohlenhydrate und diese so schnell wie möglich. In dieser Situation schienen selbst die wenig geliebten Kochbananen ein akzeptabler Snack. Doch nirgendwo fanden wir ein Restaurant oder wenigstens einen Straßenstand mit Essen. Unsere kurz währende Euphorie über das Geld verflüchtigte sich und wir tappten zusehends entmutig durch die Straßen. Nichts, nicht einmal ein Supermarkt. Keiner von uns hatte eine Ahnung, in welchem Stadtteil wir uns befanden, das hier war nicht das Zentrum, soviel war sicher. Doch jetzt noch einen Bus zu finden, der uns dorthin bringen würde, wäre auch keine Option gewesen. Kein Taxi weit und breit. Selbst über einen Supermarkt hätten wir uns jetzt gefreut.

Dann sahen wir eine blaue Neonschrift mit chinesischen Schriftzeichen an einer Häuserfront. Ein China-Restaurant! Weit und breit das einzige Lokal in dieser Ecke. Es brannte Licht und schien geöffnet. Sofort kreiste ein süßsaures Schwein durch meinen Kopf. Ich hatte bereits den süßlich-klebrigen Teig, in dem das Fleisch frittiert würde, auf der Zunge. Das Restaurant war komplett leer. Nur der Besitzer und seine Familie saßen vor der Küche zusammen an einem Tisch. Ein Fernseher lief. Gleichzeitig drehten sie ihre Köpfe und starrten uns an. »Donde?« – wo, fragten wir der Höflichkeit halber, als unser Blick über die leeren eingedeckten Tische streifte. Die Dame des Hauses zeigte auf den Tisch in der Mitte. Wir bestellten gebratenes Schweinefleisch, Gemüse mit Ente und Teigtaschen. Ente war aus. Die einzigen Getränke auf der Karte waren Softdrinks, Bier und Pflaumenwein. Wir bestellten alles. Dankbar strahlten wir unseren Gastgeber an, der sich erhob, eine Schürze umband und dann in der Küche verschwand. Kurze Zeit später hörten wir heißes Fett zischen. Geschirr klapperte. Zuerst kamen die Teigtaschen. Kaum

standen sie auf dem Tisch, stürzten wir uns darauf. Sie waren glühend heiß und ziemlich fettig mit undefinierbarer Füllung. In diesem Moment fiel alles von uns ab. Wir feierten jeden Bissen. Kaum hatten wir die Täschchen gierig verschlungen, wurde auch schon der Schweinebauch serviert. Sein Fettrand glänzte und es roch süß nach Sternanis und Honig. Die Schwarte knackte beim Schneiden, so knusprig war sie. Aus der dunklen Marinade, mit welcher der Bauch eingepinselt war, krochen Aromen von Sojasauce, Orangen und Gewürznelken, die uns einhüllten. Ein bisschen Schärfe spitzte zwischen dem molligrunden Geschmack hervor. Das Fleisch war unglaublich zart. Im Wechsel mit dem einfachen Pflaumenwein und dem Reis war dieser gebratene Schweinebauch das wohl glücklichmachendste Schwein, das je auf meinem Teller lag. Wir bestellten noch ein Runde Bier.

Als wir bezahlten, strahlte die Dame des Hauses übers ganze Gesicht. Vielleicht hatte sie schon lange nicht mehr drei Menschen mit einem Essen so beglückt. Möglicherweise hatten wir an diesem Abend das Familienessen bekommen, denn eine größere Vorratshaltung erschien unsinnig, betrachtete man den geringen Zuspruch, den dieses Lokal offenbar bei den Einwohnern von San Pedro Sula genoss. Wie auch immer: Wir waren glücklich und satt. Ich musste jetzt nur noch eine Möglichkeit finden, meine Schulden zu begleichen. Aber am kommenden Morgen würde mir das am Flughafen sicher gelingen.

Südafrika, Western Cape

SPRINGBOCK OHNE ANLEITUNG

Swartland, das »schwarze Land« rund um Riebeek Kasteel heizte sich weiter auf. Am ganzen Western Cape kletterte das Thermometer auf über 42 °C. Es war, als wurde mir ein Fön ins Gesicht gehalten, jede Bewegung war mühsam. »Wärst du nächstes Jahr gekommen, wäre der Pool fertig«, meinte mein Freund Steve, der sich vor einiger Zeit dort ein Haus gekauft hatte, und zeigte auf die vertrocknete Grasfläche im Garten. Ein Pool! Das einzige, was bei dieser glühenden Hitze Abhilfe gebracht hätte. Hätte er mir bloß nichts davon erzählt! Was für eine nutzlose Information. Und so schleppten wir uns in der Hitze einige hundert Meter zum Haus der Nachbarn, wo es einen Pool gab, doch das Wasser brachte wenig Abkühlung. Seine Temperatur lag irgendwo um die körpereigenen 37 °C, ideal für ein heißes Bad in der kühleren Jahreszeit, aber in diesem Moment nicht annähernd kühl genug, um zu erfrischen und keinesfalls heiß genug, um meinem Körper die momentane Außentemperatur danach als abkühlend verkaufen zu können. Alle sehnten die Abendstunden herbei, wenn endlich etwas frische, kühlere Luft vom Meer her wehen würde. Doch die Vorstellung, dass dann die Meisten im Garten ihre großen Grills anzünden würden, was weitere Hitze bedeutete, trieb mir umso mehr die Schweißperlen auf die Stirn.

Die Hitze begleitete uns bereits seit Tagen. Wir hatten einige Ausflüge gemacht, besuchten riesige Felder, auf denen Obst getrocknet wurde, fuhren in ein Weinanbaugebiet nach Franschhoek, wo ich mich am liebsten stundenlang in den kühlen Kellern eines Weinguts versteckt hätte. Dort hatte ich dann auch etwas viel von dem wunderbar schweren Shiraz probiert, der meine Zellen aufquellen ließ und die Durchblutung befeuerte, was angesichts der Hitze die zweifellos dümmste Idee war, die man haben konnte. So saß ich benebelt im Auto, während an diesem Tag rings um mich herum endlose Weinberge vorbeizogen. Wir machten außerdem Station bei den Olivenbauern in der Nachbarschaft und probierten uns durch eine beeindruckende Vielfalt eingelegter Oliven mit Kräutern, Chili, Knoblauch, Zitronen, aber auch getrocknete. Diese salzig-verschrumpelte Dinger waren unglaublich köstlich.

An einem anderen Tag lud uns ein Freund zum Essen in seinen Garten ein. Mitten zwischen wild wuchernden Pflanzen, hatte er einen Tisch aufgestellt, an dem er uns *Steak & Kidney Pie* servierte. Ich fand es mutig, für Gäste, deren Vorlieben er nicht kennen konnte, einfach so Nieren zu kochen. Vermutlich hätte ich dies nur auf ausdrücklichen Wunsch getan. Hier schien es normal zu sein. Mit dem kräftigen Rotwein schmeckten sie hervorragend und es war tatsächlich das erste Mal, dass ich dieses traditionell englische Gericht probierte. Zum Nachtisch gab es Pudding und bis spät in die Nacht saßen wir draußen und genossen die kühleren Temperaturen. Manchmal legten mein Freund und ich uns nachts ins Gras seines Gartens und blickten einfach nur in den Himmel. Hier, wo wenig Licht ist, kann man die Milchstraße mit bloßem Auge erkennen. Endlos viele Sterne erschienen und wir spielten das Spiel »Wer entdeckt die meisten Satelliten«. Davon waren eine Menge unterwegs und wenn die Netzhaut sich erst einmal daran gewöhnt hatte, die sich schnell bewegenden Punkte am Himmel zu identifizieren, wurden es immer mehr. In einer Nacht schaffte ich es, dreiundzwanzig zu zählen. »Meinst du, der große Punkt, der gerade über uns geflogen ist, war die Raumstation ISS?«, fragte ich meinen Freund. Er zückte sein Mobiltelefon und suchte nach einer passenden App, die Informationen zum jeweiligen Standort von Satelliten in unmittelbarer Nähe liefern sollte. Man konnte auch gezielt nach der ISS suchen und wir erfuhren, dass sie sich zum Zeitpunkt unserer nächtlichen Himmelssuche irgendwo über Sibirien befunden haben musste. Sie war also nicht der helle Punkt, der über mir am Himmel entlang gezogen war. »Meinst du wirklich, in diesem Programm sind alle Satelliten vermerkt?«, fragte ich. »Bestimmt sind viel mehr da oben, von denen wir gar nichts wissen sollen.« – »Gut möglich«, meinte mein Freund und schaltete sein Telefon wieder aus. Wieder war es stockdunkel, und meine Gedanken begaben sich auf eine Reise ins Weltall.

Am nächsten Morgen besuchten wir eine *Nguni*-Farm, die auf halber Strecke nach Kapstadt lag. Ich hatte von diesen wunderschönen Rindern gelesen. Ihre Felle sind sehr beliebt, da sie meist eine sehr abwechslungsreiche Zeichnung haben. Kurz spielte ich mit dem Gedanken, dass sich so ein Fell hervorragend in meiner Wohnung machen könnte, doch als ich sah, wie groß diese Felle tatsächlich waren, hätte ich mich für die Heimreise nach Deutschland zwischen all meinen Kleidern und diesem Fell entscheiden müssen.

Bevor wir die Rinder auf der Weide besuchen durften, bot uns der Farmer erst einmal seine selbstgemachte *Boerewors* aus *Nguni*-Fleisch an, die er kurz auf den Grill legte. Diese traditionell mit Nelken, Koriander und Muskat gewürzte Wurst ist zur Schnecke aufgerollt. Diese hier hatte ein zart angedeutetes Wildfleischaroma, war nicht zu fettig, aber dennoch fettig genug, um all die Gewürze mit dem Fleisch in meinem Mund zu einer herrlichen Mischung verschmelzen zu lassen. Wir lobten den Farmer für seine Wurst, was ihn freute, und er zeigte sich gerne bereit, uns durch die riesigen Gehege zu fahren. Er erklärte uns, welchen Tieren man besser aus dem Weg gehen sollte – das waren die Bullen, deren einzige Aufgabe es war, die empfängnisbereiten Kühe zu erschnuppern und zu begatten – und welchen man sich bedenkenlos nähern durfte. Am Rand eines kleinen Wäldchens stob eine Gruppe aufgescheuchter Perlhühner sichtlich in Panik vor uns

davon. Immer wenn ich flüchtende Perlhühner sehe, deren Kopf im Gegensatz zu ihrem rundlichen Körper eher klein wirkt, muss ich an Damen in weiten, gerafften Röcken denken, die sich möglichst schnell, schnatternd und mit wogendem Hinterteil aus dem Staub machen.

Da wir die Einladung von Steves Freund noch vor meiner Rückreise erwidern wollten, musste ich mir Gedanken machen, was ich für ihn und seine Begleitung kochen wollte. »Wie wäre es mit einem Springbock oder einem Kudu?«, fragte ich scherzhaft. »Springbock ist eine wunderbare Idee«, meinte Steve. Ich hatte das eigentlich nicht ernst gemeint, aber da ich nun einmal den Vorschlag gemacht hatte, musste ich zumindest so lange an diesem Plan festhalten, bis eine höhere Macht mir diesen vereiteln würde. Was ich insgeheim hoffte, doch diese höhere Macht hatte vermutlich gerade anderes zu tun und scherte sich nicht darum, dass ich keine Ahnung hatte, wie man einen Springbock zubereitet. Wir fuhren zu einem bekannten Metzger in der nächstgrößeren Stadt. Da stand ich nun und sollte entscheiden, welches Teil vom Springbock ich verarbeiten wollte. Ich entschied mich für einen Springbockrücken. Immerhin, so dachte ich, würde der sich nicht allzu sehr von einem Rehrücken unterscheiden. Allerdings kannte ich weder den Ofen im Haus, noch war ich mit den dort vorhandenen Gewürzen und Arbeitsutensilien vertraut. Im Supermarkt kauften wir noch Karotten, Bohnen, Kartoffeln und Petersilie. Insofern wirkte das alles sehr bekannt und wir fuhren zurück zum Haus. Ich hatte noch vier Stunden bis zum Dinner.

Nachdem ich und der Springbockrücken in der Küche allein gelassen wurden, inspizierte ich zuerst den Ofen und die Töpfe mit dem Erfolg, dass es keinen einzigen Bräter gab, der groß genug gewesen wäre, dem Springbockrücken ausreichend Platz zu bieten. Ich musste den Rücken also irgendwie halbieren, damit er in die Form passte. Mit dem größten Messer, das eher wie ein Hackbeil aussah, versuchte ich den Rückten zu zerteilen. Als abzusehen war, dass ich mit Schneiden niemals zum Ziel kommen würde, versuchte ich es mit Hacken. Kaum hatte ich dem Rückenknochen den dritten Schlag versetzt, zerbrach der Plastikgriff des Messers und die Klinge flog im hohen Bogen davon. Also gut mein Freund, du willst es nicht anders, dachte ich und packte den Rücken, um ihn mit beiden Händen an der Kerbe auseinanderzubrechen. Mir lief der Schweiß über den Rücken. Wie ich es auch drehte und wendete, der Rücken blieb standhaft. Ich brüllte ihn an, endlich nachzugeben, packte ihn und schleuderte ihn mit Wucht auf die Kante der Arbeitsplatte. Dann endlich gab er mit einem deutlichen Knacken nach, wobei ich froh war, dass außer den beiden Hauskatzen niemand meine Aktion verfolgt hatte; die Tiere verließen bei meinem Geschrei fluchtartig die Küche.

Jetzt endlich hatte ich den Rücken so weit, dass er in die Form passte. Was immer ich im Gewürzregal an geeigneten Kräutern fand, zerrieb ich mit Salz zu einer Mischung und massierte sie in das Fleisch. Ich erhitzte Öl und briet den Rücken rundherum an. Mit gewürfelten Karotten, Zwiebeln und ein paar getrockneten Oliven, Tomatenmark und einer halben Flasche Rotwein, schob ich das Fleisch in den Ofen. Dazu sollte es Kartoffelpüree geben. Ein sahniges, sündig vollfettes Kartoffelpüree. Die knackigen grünen Bohnen, waren allein der Optik geschuldet, weil ich noch etwas frisches Grün auf dem Tisch brauchte. Es war immer noch heiß draußen und so entschied ich mich für einen Bohnensalat mit reichlich Zwiebelwürfeln. Bohnen, die quietschten, sobald man darauf biss. Ich hatte den Ofen auf eine niedere Stufe gestellt; ich traute ihm nicht so ganz und schlich ich in den kommenden zwei Stunden immer wieder den Ofeninhalt inspizierend in die Küche. Insgeheim hatte ich darauf gehofft, so etwas wie eine Kartoffelpresse oder einen Stampfer zu finden, nur um schnell zu der Erkenntnis zu gelangen, dass ich die Presse sein würde, und jede der gekochten Kartoffeln mit der Gabel zerdrücken müsste. Kochen in fremden Küchen lässt eben immer ausreichend Raum für Überraschungen. Kurz bevor die Gäste kamen, goss ich die Sauce des Springbocks in einen Topf, überlegte kurz, dass es eine schöne Idee sein könnte, diese mitsamt dem eingekochten Gemüse zu pürieren. Allein, es fehlte der Pürierstab und ich musste diesen Gedanken wieder verwerfen. Also reduzierte ich die Sauce noch ein wenig. Würzte mit etwas mehr Rosmarin und gab noch ein wenig Tomatenmark dazu. Und ich trank die Flasche mit dem restlichen Rotwein leer. Ich hatte es geschafft.

Die Gäste kamen, ich tranchierte das Fleisch, gab jedem einen ordentlichen Schlag sahniges Püree mit etwas Sauce auf den Teller. Dazu reichte ich den Bohnensalat. Allen schmeckte es, Lob wurde verteilt und ich schielte dankbar auf die letzten Reste des Springbockrückens, die dann auch noch verputzt wurden. Dieser Springbock war exzellent. Das Fleisch schmeckte genauso, wie ich es mir erhofft hatte: nach den Weiten der Savanne, nach wilden Kräutern, holzigen Noten und leicht salzig. Die getrockneten Oliven hatten den Wein und die Säfte in sich aufgesogen und harmonierten bestens. Und ich entschied für mich, dass es ein ungeschriebenes Küchengesetz gibt, nach dem alles gelingt, so lange man gute Zutaten und ausreichend Hingabe aufwendet. Eines wurde mir jedoch später, nachdem sich meine Anspannung gelöst hatte, klar: Nie wieder würde es mir gelingen, dieses Rezept zu wiederholen. Ich glaube, man nennt das intuitives Kochen. Was genau ich alles dazugegeben hatte, wäre das Geheimnis der Katzen. Doch die hatten ja zuvor die Flucht ergriffen.

Frankreich, Cahors

TRÜFFEL GALORE!

An diesem Morgen kam ich zu spät. Ich komme eigentlich nie zu spät. Zu spät kommen ist unhöflich. Aber als sich die Morgennebel wie Feenwesen über das Wasser erhoben und das blasse orangefarbene Licht der Wintersonne die Steine der alten Brücke in Cahors zum Leuchten brachte, musste ich anhalten und das Auto abstellen. Der Grasstreifen am Rande des Flusses war noch mit Raureif bedeckt. Er knirschte bei jedem Schritt. Kaum ein Fahrzeug war an diesem Januarmorgen unterwegs. Ich verharrte allein am Ufer und beobachtete nur das Licht, das Wasser und die alte Brücke. Pünktlich um neun Uhr sollte ich auf dem Weingut zu einem Trüffelkochkurs erscheinen, doch ich konnte mich nicht losreißen von dieser mystischen Morgenstimmung. Ich wollte sie festhalten, irgendwo einschließen, um sie dann jemandem zu zeigen, der Trost bräuchte. So ein Moment ist wie eine Umarmung. Die Zeit könnte stehenbleiben und man würde darin aufgehen. Doch sie bleibt nicht stehen, diese Zeit, sie läuft nicht einmal langsamer, eher das Gegenteil ist der Fall. Die Gravitation eines solchen Augenblicks verschiebt die Zeitverhältnisse – während für mich alles in Zeitlupe abläuft, bewegt sich der Rest des Universums schneller.

Ich war definitiv zu spät dran. Ich gab mir einen Ruck, setzte mich wieder ins Auto und fuhr weiter – hinein in die Hügel und die Weinberge. Ich tuckerte über eine Anhöhe, hinter der sich die Rebgärten aus dem Nebelmeer erhoben, vergoldet von der Morgensonne. Wieder musste ich anhalten. Verflixte Morgensonne. Knapp zwanzig Minuten hatte sie mich nun schon gekostet. Ich musste weiter. Doch als ich endlich auf dem Weingut ankam, lief ich nicht schnurstracks in die Küche, sondern an knorrigen, kahlen Reben vorbei bis zu einer Hügelkuppe und genoss einfach nur den Blick über das weite Tal, die Nebelschwaden, die sich nun langsam auflösten und einem strahlenden Tag den Weg freimachten. Ich war völlig neben der

Spur an diesem Morgen. Als ich dann endlich über eine halbe Stunde verspätet in der Küche auftauchte – inzwischen hatte ich schon ein richtig schlechtes Gewissen –, musste ich feststellen, dass ich außer einem Begrüßungskaffee nicht viel verpasst hatte. Die Vorstellungsrunde war gerade zu Ende. Also schnappte ich mir eine Schürze und weil ich das Gefühl hatte, von all der Morgensonne zu leuchten, suchte ich mir einen möglichst unauffälligen Platz in der zweiten Reihe. Während ich mit halbem Ohr zuhörte, wie das Menü vorgestellt und die Aufgaben verteilt wurden, stellte ich mir vor wie es wäre, an so einem Ort zu leben und jeden Morgen von solch einer Sonne geweckt zu werden. »Alors! Dann schälst du den Topinambur!«. Damit war ich gemeint. Ich hatte nicht aufgepasst, als die spannenden Aufgaben verteilt wurden. Ich sollte die Knollen schälen, während die anderen Teilnehmer die Trüffeln hobeln durften. Immerhin wurden die Trüffeln, die wir heute in einem Viergangmenü verarbeiten würden, herumgereicht. Es war eine opulente Trüffelmenge, knapp hundert Gramm pro Person. So etwas ist auch nur möglich, wenn man sie gleich hier um die Ecke ausbuddeln kann, dachte ich, während ich ihren wunderbaren Geruch einatmete. Auf dem Markt in München hätte ich für diese Menge ein Vermögen bezahlt, doch jetzt befand ich mich direkt im Land dieser herrlichen, unterirdischen Pilze. Nicht, dass die Trüffeln hier günstig wären, aber jeder Küchenchef kennt hier jemanden, der entweder selbst eine Truffière hat, eine Trüffelplantage, oder der wiederum jemanden kennt, der Trüffeln zu moderaten Preisen anbietet. Hinzu kam, dass diese hier mit Sicherheit die wohl frischesten Trüffeln waren, die ich je kosten durfte. Ich bin verrückt nach Trüffeln und ihr Duft wirkt wie ein Turbo auf die Speicheldrüsen in meinem Mund. Doch erst einmal musste ich Topinambur-Knollen schälen.

Während ein Teil unserer kleinen Gruppe sich um die Eiercreme kümmerte, die dann in hartgekochte, ausgehöhlte Eier gegeben und mit Trüffelspänen bedeckt würde (unsere Vorspeise), legte sich das Aroma der frisch gehobelten Edelpilze langsam wie ein Netz über uns. In der Küche herrschte eine ruhige Atmosphäre, was vermutlich auch daran lag, dass alle außer mir französisch sprachen. Ich bin gut darin, eine fremde Sprache wie einen Geräuschteppich wahrzunehmen und nicht zuzuhören, was eigentlich gesprochen wird. Die fertig geschälten Topinamburen schnitt ich in dicke Scheiben und gab sie in eine Vakuumiertüte. Küchenchef Allan Duplouich gab noch eine Handvoll Trüffeln mit dazu und legte sie in den Konvektomat, einen Profi-Kombidämpfer in der Gastronomie. Dort sollten sie im Dampf und in ihrem eigenen Saft garen. Mein nächster Job war das Abreiben der Mandarinenschale von mehreren Früchten und das Anrichten der Jakobsmuscheln. Die sollte es nach den Eiern roh mit Trüffeln und einer Mandarinencreme geben. Ich war neugierig, wie so eine Scheibe Trüffel mit roher Jakobsmuschel schmeckt. Ich hatte noch nichts gefrühstückt und mein Magen brachte sich in Stellung, um mir unmissverständlich klarzumachen, dass er sich vernachlässigt fühlte. In der Hoffnung, dass keiner es merken würde, schob ich mir eine Trüffelscheibe und etwas von der Jakobsmuschel in den Mund. Die Süße der Muschel breitete sich sofort in meinem Mund aus, ich biss auf die Trüffel und beides schmolz auf meiner Zunge zusammen. Diese Trüffeln waren grandios! Natürlich hatte unser Küchenchef sofort bemerkt, dass ich genascht hatte, und bevor er auch nur streng schauen konnte, verdrehte ich selig die Augen und schenkte ihm mein dankbarstes Lächeln. Er war besänftigt. Vielleicht nicht ganz, denn nun sollte ich die Perlhuhnbrüste mit einer Trüffelfarce füllen und dabei stand

er neben mir und beobachtete genau, was ich machte. Ich musste vorsichtig Taschen in das Fleisch schneiden, diese füllen und die so vorbereiteten Brüste fest in Folie wickeln. Das machte Spaß und zur Abwechslung durften die anderen die blauen Kartoffeln schälen und in dünne Scheiben hobeln, um sie anschließend zu frittieren. Zur Perlhuhnbrust sollte es getrüffeltes Topinamburpüree und gebratene Austernpilze geben.

Für uns war in der Zwischenzeit bereits ein Tisch eingedeckt worden und die Vorspeisen wurden serviert. Die Eiercreme mit den Trüffeln war ein perfekter Auftakt. Jeder, der bereits einmal ein Omelett oder Rührei mit Trüffeln gegessen hat, wird an dieser Stelle verständnisvoll nicken. Ei und Trüffel sind wie für einander geschaffen und ich hatte inbrünstig gehofft, es möge sich doch wenigstens einer der Teilnehmer am Tisch zum Veganismus bekennen, damit ich mich für die übriggebliebene Vorspeise hätte opfern können. Aber welcher Veganer würde in Südfrankreich einen Trüffelkochkurs besuchen, wo doch jeder weiß, wie wichtig in der französischen Küche Butter, Sahne und Fleisch sind? Richtig. Keiner. Und so ertappte ich mich, wie ich mit dem Finger die letzten Reste der luftigen Eiercreme, die entfernt an eine *Sauce Hollandaise* erinnerte, aus der Eierschale kratzte, in der sie serviert wurde. Glücklicherweise ging es gleich weiter mit den Jakobsmuscheln. Abwechselnd waren dünne Scheiben von Jakobsmuschelfleisch und Trüffeln in Form einer Blüte angerichtet. In deren Mitte lag eine Nocke aus Mandarinencreme, das Ganze garniert mit ein paar Dillspitzen, Mandarinenschalenabrieb und noch mehr Trüffeln. Jetzt ging es also trüffelesk so richtig zur Sache. Mit der Creme war die Kombination aus Muschel und Trüffel noch raffinierter geworden. Ich musste kurz die Augen schließen, um auch ja keinen noch so winzigen Aspekt dieser Collage aus unterschiedlichen Texturen und Aromen zu verpassen. Um nicht wieder dem viel zu schnell leer gewordenen Teller nachzutrauen, spülte ich alles mit einem Schluck Weißwein herunter. Der nächste Gang wurde nur von Küchenchef Allan angerichtet, wir hatten ja bei der Vorbereitung geholfen und hätten sitzenbleiben können, doch mich zog es zurück in die Küche. Ich wollte zusehen, wie aus den sous-vide gegarten Topinamburen, einer üppigen Portion gehackter Trüffeln und einer geradezu obszönen Menge Butter ein Püree entstand, von dem ich schon vom Zuschauen wusste, dass es mich umhauen würde. Die Trüffeln waren im Püree, in der Füllung der Perlhuhnbrüste und wurden nun noch zusätzlich darüber gehobelt. Das Einzige auf dem Teller ohne Trüffeln waren die Chips aus blauen Kartoffeln, etwas gegrillter Lauch und zwei Streifen eingemachte rote Zwiebel. Es war ein Fest der Trüffeln.

Doch das war damit noch nicht zu Ende. Wer wie ich keine Ahnung davon hatte, dass man Trüffeln durchaus in einem Dessert einsetzen kann, wurde nun eines Besseren belehrt. Unter Aufsicht der Patissière Julie sollten wir ein letztes Mal Trüffeln fein hacken und Eischnee steif schlagen. Sie butterte einige Förmchen und füllte die dickflüssige Masse für ein Trüffelsoufflé hinein. Nun hatte ich zwanzig Minuten Zeit, bis alles fertig sein würde. Ich ging nach draußen. Mittlerweile stand die Sonne hoch am Himmel und wenn man sich nahe an die Hauswand stellte, fühlte es sich beinahe an wie Sommer. Mit einem Glas Wein in der Hand ließ ich mich von der Sonne wärmen. Dummerweise wurde dabei auch der Wein in meinem Glas warm. Doch ich war auf einem Château in Südfrankreich und hatte soeben die größte Menge an Trüffeln gegessen, die ich jemals in einem Menü erleben würde. Also wen juckt es da, ob der Wein warm wird? Allzulange würde ich meinen Gedanken sowieso nicht nachhängen können. Da war ja noch das *Soufflé*. Und obwohl ich nicht gerade eine Liebhaberin von Desserts bin (ich ziehe jederzeit ein Stück Käse einer Kugel Eis vor), fieberte ich diesem Dessert entgegen. Wir wurden wieder hineingebeten, nahmen Platz und Julie servierte die *Soufflés*. Keine Garnitur, kein Schnickschnack. Einfach nur ein perfekt aufgegangenes *Soufflé*. Ich probierte es. Und da war sie wieder. Diese wunderbare Vermählung von luftigem Ei mit Trüffel, diesmal durchwoben von Zucker. Der ganze Tisch versank in sprachloser Anbetung dieses *Soufflés*. Tuber Melanosporum, so der lateinische Name für Trüffel, hatte es also auch noch in das Dessert geschafft. Um ehrlich zu sein, nicht wir hatten diesem spektakulären Menü zu seinem Erfolg verholfen, sondern ein unscheinbar knubbeliger, duftender Pilz.

Zwei Tage später wollte ich noch den größten Trüffelmarkt der Region besuchen. Natürlich würde ich mir Trüffel kaufen, um sie mit nach Hause zu nehmen. Nach diesem Kochkurs wäre es mir so ganz ohne Trüffeln wie ein kalter Entzug vorgekommen. Es würde schwer werden, aber in Gedanken rührte ich bereits die gehobelten Trüffeln, die ich zu dem Zeitpunkt noch nicht besaß, in zimmerwarme Butter (Butter ist perfekt, um das Aroma der Trüffeln zu konservieren), um zumindest noch eine Weile, immer dann, wenn ich die Tür des Kühlschranks öffnete, vom betörenden Duft dieser magischen Edelpilze umgeben zu sein. Und von ihrem wunderbaren Geschmack.

Laos, Luang Prabang

TEMPEL, MEKONG-FISCH UND EIGENTLICH GING ES NUR UM DIE WURST

Die langen Boote fuhren in einer nicht nachvollziehbaren Ordnung hin und her über den breiten Fluss. Ich hatte mich am Mekong in den Schatten gesetzt und eine frische Kokosnuss bestellt. Es war still hier am Ufer, nur wenige Menschen waren auf den Straßen, die Sonne ging langsam unter und tauchte die Berge und den trägen Strom in ein orangefarbenes Licht. Unweit des Mekongs hatte ich in einem alten Viertel von Luang Prabang ein kleines Hotel im Kolonial-Stil gefunden. Mein Zimmer lag in Richtung eines Hinterhofs, aus einem der Nebengebäude zischte und duftete es laufend nach Gebratenem. Das störte nicht, es gehörte einfach dazu. Im Gegensatz zu vielen anderen asiatischen Ländern, hat Laos keinen Zugang zum Meer. Man besucht das Land also nicht, um Meeresfrüchte oder Fisch zu essen, es sei denn, man war schon immer ein großer Fan von karpfenähnlichen Süßwasserfischen. Diese sind eigentlich nicht schlecht, aber ihr etwas wabbeliges Fleisch macht es mir schwer, sie lieb zu gewinnen.

Die meisten Touristen kommen wegen der vielen Tempel in die alte Königsstadt oder wegen der wunderbaren Wasserfälle oder wegen des malerischen Mekong-Ufers. Mich jedoch hatte eine Wurst hierhergeführt: 2015 war Italien Gastgeberland der Expo – vielen noch als »Weltausstellung« bekannt – mit dem Thema »Feeding the Planet, Energy for Life«. Ein Ereignis, dem ich seinerzeit entgegenfieberte, denn es schien unwahrscheinlich, so etwas in dieser Form nochmals erleben zu können. Unzählige Nationen präsentierten damals in Mailand sich und ihre kulinarischen Highlights. Natürlich sah das Konzept der Expo nicht nur vor, Köstlichkeiten vorzustellen, das wäre zu banal gewesen. Lebensmittel und Ernährung sollten aus jeder Perspektive betrachtet werden. In puncto Nahrungsmittelversorgung muss für eine stetig wachsende Weltbevölkerung berücksichtigt werden, dass der Klimawandel bereits da und nicht mehr wegzudiskutieren ist. So vereinten sich kritische Stimmen mit wunderbaren Einblicken in lokale Initiativen und Agrarprojekte. Ich wollte alles sehen. Dass das an einem Tag völlig unmöglich sein sollte, realisierte ich, als ich die Ausmaße dieser Ausstellung erkannte. Mein Schrittzähler zeigte bereits 15 Kilometer und ich hatte immer noch nicht das Gefühl, mehr als nur einen kleinen Ausschnitt davon gesehen zu haben. Ich probierte herrlichen Safran-Pudding im afghanischen Pavillon, trank äthiopischen Kaffee und konnte den frisch frittierten Zucchiniblüten Italiens nicht widerstehen. Selbst der Jemen war vertreten – mit einem leeren Zimmer, in dem ein Sack Kaffee stand. Das Schicksal dieses Landes schrie einem ins Gesicht, es entblößte seine Armut und strahlte dennoch Würde aus. Nicht alles auf so einer Messe sollte einen Wohlfühlfaktor vermitteln. Immer wieder bekam ich Tipps wohin ich unbedingt noch gehen sollte: nach Japan, nach Österreich, unbedingt in den Oman und auf jeden Fall müsse ich in Uruguay ein Steak probieren. Ich erhöhte mein Schritttempo und verschaffte mir vor dem niederländischen Pavillon Kühlung mit einem Eis. Ich zelebrierte ein Länder-Hopping der anderen Art. Doch als mir endlich klar wurde, dass ich es niemals bis in den Oman am Ende des Messegeländes schaffen würde, war es Laos, wo ich mich erschöpft an einen Tisch setzte und neugierig beobachtete, was hier angeboten wurde. Auch dieses Land hatte seine ganz besonderen Spezialitäten mitgebracht. Laos war verglichen mit Frankreich oder Argentinien eher puristisch aufgestellt. Es gab Würstchen und Klebreis-Lollis. Die kleinen Würste sahen nicht außergewöhnlich aus, aber sie verströmten einen unwiderstehlichen Zitrusduft. Ich bestellte mir beides. Zuerst probierte ich den Klebreis-Lolli. Er schmeckte süß-salzig und hinterließ im Gaumen seine beruhigend pudrige Reisnote, war aber trotzdem luftig und außen schön knusprig. Er war so subtil gewürzt, dass kein Geschmack sich in den Vordergrund drängte, alles war harmonisch und schmiegte sich um die weichen Reiskörner. Dann probierte ich die Wurst. Fett war das erste, was ich wahrnahm. Köstliches Fett, frisch und würzig, darüber liegend die Aromen von Zitronengras und Kaffirlimettenblättern. Beide machten diesen fettig-fleischigen Geschmack erst so richtig weich und rund. Auch fruchtige Chili war mit im Spiel, gefolgt von grünen, erfrischenden Pfefferaromen, die zudem eine subtile Säure besaßen. Es schmeckte nach allem, wonach Fernweh schmecken kann. Ich strahlte die Laotin am Würstchenstand an und bestellte mir gleich noch eine Portion. In diesem Moment traf ich die Entscheidung, dass dies nicht die letzte laotische Wurst gewesen sein sollte, sondern wir uns sicherlich noch einmal begegnen würden.

Und so stand ich fünf Jahre später in Luang Prabang am Ufer des Mekongs, wartete an meinem ersten Abend auf die Dunkelheit und darauf, dass die Stände des Food Markets öffneten, um mir endlich noch mehr von der laotischen Küche zu vermitteln. Unter normalen Umständen wären die Straßen mit den schönen Kolonialbauten und kleinen Tempeln mit Touristen aus aller Welt brechend voll gewesen. Aber die Zeiten waren alles andere als normal. Die weltweite Corona-Pandemie hatte eben erst begonnen. Bereits vor einigen Wochen war die Grenze zu China abgeriegelt worden, keiner durfte mehr ins Land. Vielen Touristen aus den restlichen Teilen der Welt war Laos vermutlich zu nahe an China und sie blieben fern. Und deshalb gab es kein Gedränge auf den Straßen, viele Tische vor den Restaurants blieben unbesetzt und der Nachtmarkt war weitgehend leer. Die meisten Markthändler mussten viel früher als gewohnt ihre bemalten Kokosschalen und T-Shirts wieder einpacken und die Stände abbauen. Nur in der Gasse mit den vielen ver-

schiedenen Imbissen herrschte reger Betrieb. Hier wurde in großen Pfannen gerührt, die Grills verströmten einen verlockenden Duft, das Angebot war riesig und vor allem – es gab überall Würste. Ich war angekommen. Nachdem ich mich bis ans Ende der Gasse durchgeschoben hatte und die Hungersignale aus meinem Magen mich zu einer zügigen Entscheidung zwangen, setzte ich mich an einen kleinen Tisch und schielte auf die großen frittierten Reiskugeln. Das, genau das, und Wurst wollte ich jetzt haben. Die Reiskugel erinnerte mich an jene Klebreis-Lollis aus Mailand und ich freute mich schon darauf, obwohl mir nicht so ganz klar war, wie ich den kleinen Ball überhaupt essen sollte. Die Köchin, eine stark geschminkte laotische Transsexuelle, beobachtete mich eine Weile, bis ihr vermutlich der Kragen platzte. Sie kam auf mich zu, nahm mir stürmisch die Gabel aus der Hand und zermatschte damit vor meinen Augen die Reiskugel, mischte das Zerdrückte mit den Kräutern und dem Salat. »So isst man das«, sagte sie lachend. Ich musste auch lachen und bedankte mich für die Lektion im Umgang mit laotischem Essen. Die Damen hinter dem Tresen winkten fröhlich. Ich probierte die Wurst. Und dann war er plötzlich wieder da, ein unnachahmlicher Geschmack nach Zitronengras und Kaffirlimettenblättern. Er war ein wenig anders, als ich ihn in Erinnerung hatte, hier waren Zimt- und Pfeffernoten deutlich ausgeprägter, aber es war jener Geschmack, in den ich mich auf der Expo verliebt hatte. Ich war im Glück.

Nachdem mir keiner weiterhelfen konnte, ob und wo es einen Kochkurs nur für diese laotischen Würste gäbe, buchte ich in einem beliebten Restaurants Luang Prabangs mit angeschlossener Kochschule einen Kochkurs. Auch hier half mir die Pandemie. Zu normalen Zeiten wäre dieser Kurs auf Monate vorher ausgebucht gewesen. Und so begann der nächste Morgen recht früh mit einem Marktbesuch. Der Phosi Market ist der größte Markt der Region, und selbst wenn man nicht vorhat zu kochen, sollte man ihm unbedingt einen Besuch abstatten (besonders, wenn man schon immer mal gegrillte Ratten sehen wollte). Unser Kochlehrer wusste genau, auf welche Besonderheiten er uns aufmerksam machen musste: Fermentierte Chilisauce, knusprige Snacks aus Bambussprossen und Limettenblättern. Er erklärte uns, dass der schwarze Reis in Laos als »böse« bezeichnet wird, da er angeblich die Männer verrückt mache, und zeigte uns, wo die Würste produziert werden. Ein Teil des Marktes ist nur für den Verkauf von Reis reserviert. Nicht dass es tatsächlich so viele unterschiedliche Reissorten gäbe, das meiste davon ist Klebreis, doch es gibt ihn in unterschiedlichen Qualitätsstufen. Bevor ich Laos verließ, wollte ich auf jeden Fall noch einmal hierher zurückkommen und Reis kaufen.

Zunächst ging es jedoch zur Kochschule, die mitten im Dschungel liegt. Wir hatten ein straffes Programm. Es begann mit verschiedenen Dips und Saucen, wofür wir Auberginen über offenem Feuer rösten mussten, dann ging es ans Zurechtschneiden der Bananenblätter, um sie mit Fisch und Kräutern zu füllen, und weiter stand gefülltes Zitronengras auf dem Stundenplan. Ich kann jeden verstehen, der an dieser Stelle stutzig wird. Denn beim Betrachten eines Zitronengrasstängels fragt man sich unweigerlich, wo man in dieses dünne Ding irgendetwas hineinfüllen kann. Man kann – wenn der Stängel im unteren Teil mit einem scharfen und spitzen Messer sorgfältig halbiert wird, ohne ihn dabei durchzuschneiden. Eine mühevolle Aufgabe, aber nur so lässt sich der Stängel zusammenstauchen und bildet so ein ballonartiges Geflecht, dass sich füllen lässt. Und weil wir nach Meinung unseres Kochlehrers noch immer nicht genug gehackt hatten, verteilte er Büffelfleisch, um es feingehackt für die Zubereitung der laotischen Nationalspeise *Laap* zu verwenden. *Laap,* auch *Larb* oder *Laab,* ist gewürztes Hackfleisch mit senfölhaltigem Kraut, Zwiebeln, etwas Chili und Limettenblättern, serviert mit Salat. Und es hat im Original noch eine ganz besondere Zutat: Gallensaft vom Büffel, für die leichte Bitternote. Was bei uns erst wieder entdeckt werden musste, die ganzheitliche Verwendung eines Tieres, ist in Laos nach wie vor in seiner Reinform zu beobachten. Dort tun sie wirklich alles, um ein geschlachtetes Tier komplett zu verwerten. Die meisten in meiner Kochgruppe zuckten angesichts des Gallensafts zusammen: »Nein, vielleicht sollten wir das doch lieber weglassen...«, »Das sieht eklig aus...«. Doch ich ermunterte meinen Kochpartner zu einer etwas aufgeschlosseneren Haltung. Schließlich waren wir hierhergekommen, um etwas zu lernen, und nicht, um unserem europäischen Gaumen einen Heimatausflug zu gönnen. Beherzt gaben wir also den Gallensaft zum würzig gebratenen Fleisch. Und tatsächlich schmeckte es hervorragend. Diese leicht bittere Note hob das Gericht über das, was man sich unter Hackfleisch mit Koriander, Minze, Thai-Basilikum und Brunnenkresse vorstellen würde. Ich war begeistert. Doch bevor wir hungrig und mit schmerzenden Füßen am Tisch Platz nehmen konnten, duften wir noch Longan schälen und salzig-süßen Milchreis aus schwarzem Klebreis kochen. Wir waren alle früh aufgestanden, es war bereits nach Mittag und jeder sehnte sich nach dem Essen. Es war ein herrlicher Querschnitt aus dem Besten, was die laotische Küche zu bieten hat. Das Einzige, was fehlte, waren die Würste. Aber die hatte ich dann wieder am folgenden Tag. Und am übernächsten.

Ich entdeckte, dass in der Stadt jeder, der seine Würste nicht auf dem Markt kauft, sie selbst macht und zum Trockenen einfach draußen in der Sonne aufhängt. Überall entlang der Straße hingen diese Würste. Und im Prinzip waren nur die wundervollen Tempel gänzlich wurstfreie Zonen. Ich flog zurück nach Hause mit dem Geschmack von Zimt, Limettenblättern und Zitronengras im Gedächtnis und schwor mir, diese Würste daheim nachzumachen. Zwei Wochen später schloss auch Laos seine Grenzen für Touristen.

Folgende Begriffe können als Glossarergänzung online abgerufen werden unter: https://hvlink.de/trueffeltang-glossar.

ABALONE
ACKEE
ARAPAIMA
ALIGOT
ANTICUCHOS
BAGEL
BEEF BROCCOLI
BEURRE BLANC
BLACK DAL
BLACK PUDDING
BOEREWORS
BOTTARGA
BOWL
BREAKFAST
CARPACCIO
CEVICHE
CHIMICHURRI
CHWINAMUL
CONFIT
CONTINENTAL BREAKFAST
CURRY GOAT
DAENJANG
DAIKON
DAL
DASHI
DIM SUM
DUKKAH
DULCE DI LECHE
FAROFA
FENI
FISHCAKE
FUGU
FUL MEDAMMES
GARAM MASALA
GEITOST
GLØGG
HAGGIS
HANSIK-KÜCHE
HANWOO
HATCHO MISO
HEUMILCHKÄSE
HOTPOT
JERK
JUJUBE
KÄSKNÖPFLE
KAMTSCHATKA-KRABBE
KNÖPFLE
KŌBE-RIND
KOMBUCHA
LAAP/LARB/LA(A)B
LEMON GARLIC SHRIMPS
MACA
MAHI MAHI
MAKGEOLLI
MANIOK
MASAGO
MASTERSTOCK
MATCHA
MAUI CATTLE
MISO
MOCHI
MOGWA CHA
MOMO
MOQUECA DE PEIXE
NGUNI-FLEISCH
NORI
NƯỚC MẮM
OGO
PHỞ
PISCO
PLANTERS PUNCH
POKE
PULLED PORK
PULPO
RAMEN
SALTFISH
SAKE
SAMOSA
SANSHO
SASHIMI
SAUCE CHIEN
SAUCE HOLLANDAISE
SCHWARZER HEILBUTT
SCOTCH BONNET CHILI
SCOTTISH SCONE
SOBA
SOUFFLÉ
STEAK & KIDNEY PIE
TACU-TACU
TEMPURA
TI PUNCH
URID DAL
US PRIME BEEF
WAGYŪ
WASABI
YUBA

Impressum

ISBN 978-3-7750-0813-6

www.hädecke.de

4 3 2 1 | 2024 2023 2022 2021

Redaktion & Lektorat: **Simone & Jo Graff**
Gestaltung und Satz: **Julia Graff, Hädecke Verlag**
Illustrationen: **envato.com** Seiten 18 (GraphicGoods), 24 (frimages), 58 (BarcelonaDesignShop), 64 (EugeniaHauss), 66 (iatsun), 102, 136 (medzcreative) · **vectorstock.com** Seiten 4 (ONYXprj), 38 (SpicyTruffel), 46 (Airindizain), 55 (GoodStudio), 74 (apokusay), 87 (Airmatti12), 94 (JuliaSmirnova), 111 (chiociolla), 122 (drawlab19), 143 (blauananas), 149 (suricoma), 152 (setory), 97, 158 (Andrii Oliinyk), 166 (oleg525), 174 (Epine)
Fotonachweis: **© Claudia Zaltenbach:** Seiten 6, 12, 22, 34, 42, 50, 56, 70, 84, 90, 98, 106, 112, 118, 126, 132, 140, 154, 162, 170 · **© unsplash.com:** Seite 28 (Meritt Thomas), 62 (Lea Kobal), 78 (Joel Mott), 146 (Daniel Salcius)

Gesetzt aus der Cardamom (Adobe) und der Brandon Grotesque von *Hannes von Döhren* (HVD Fonts)

Printed 2021 in Germany
Druck auf chlorfrei gebleichten Materialien, die aus vorbildlich bewirtschafteten, FSC®-zertifizierten Wäldern und anderen kontrollierten Quellen stammen.

Ein verlagsneues Buch bekommt man in Deutschland und Österreich überall zum selben Preis. Die kulturelle Vielfalt wird durch die gesetzliche Preisbindung geschützt. Auf dem Land und in der Stadt, im Internet und in jeder Buchhandlung gilt der gebundene Ladenpreis.

Weitere Bücher der Autorin

Miso · *Rezepte · Kultur · Menschen*

Ausgezeichnet mit der Silbermedaille der Gastronomischen Akademie Deutschlands, dem Swiss Gourmet Book Award in Silber, als bestes Kochbuch-Nachschlagewerk (kaisergranat.com) und dem Gourmand World Cookbook Award.

216 Seiten mit 198 Farbfotos, 21 × 24 cm, veredeltes Hardcover

ISBN 978-3-7750-0772-6

Tofu, Yuba & Okara · *Rezepte · Kultur · Menschen*

Ausgezeichnet mit der Silbermedaille der Gastronomischen Akademie Deutschlands e.V., dem Swiss Gourmet Book Award in Silber, als »Best in the World« vom World Gourmand Cookbook Award in der Kategorie »Japan« und mit der Goldmedaille von kaisergranat.com als bestes Nachschlagewerk.

232 Seiten mit 166 Farbfotos und 14 Illustrationen, 21 × 24 cm, veredeltes Hardcover · ISBN 978-3-7750-0794-8

In derselben Reihe erschienen

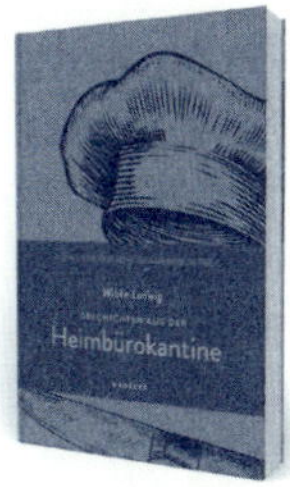

Geschichten aus der Heimbürokantine

von Wibke Ladwig · 128 Seiten mit zweifarbigen Illustrationen · Leinenband mit Lesebändchen · ISBN 978-3-7750-0814-3

Zopfbrot mit Blaulicht · *Zwischen Alb und Afrika – Backgeschichten vom Lorettohof*

Texte und Rezepte: Günther Weber, Illustrationen: Rainer Weber

120 Seiten mit zweifarbigen Illustrationen, Leinenband mit Lesebändchen

ISBN 978-3-7750-0803-7

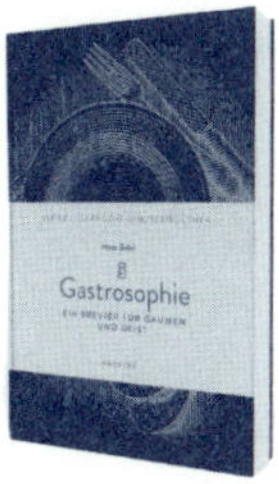

Gastrosophie · *Ein Brevier für Gaumen und Geist*

von Hans Balzli · wiederaufgelegte Originalausgabe von 1931

112 Seiten mit zweifarbigen Illustrationen, Leinenband mit Lesebändchen

ISBN 978-3-7750-0800-6

Liebe Leserin, lieber Leser,

Schön, dass Sie dieses Buch aus unserem Verlag in Ihrer Buchhandlung entdeckt, von jemandem geschenkt bekommen oder an anderer Stelle erworben haben.
Hat es Ihnen gut gefallen? Dann posten Sie doch ein Bild davon mit dem Hashtag **#genussbuch** und verlinken Sie uns!

Sie finden uns beispielsweise bei
facebook.com/haedecke.verlag
instagram.com/haedecke
youtube.com/haedeckeverlag
pinterest.com/haedecke

Natürlich können Sie auch auf anderem Weg mit uns Kontakt aufnehmen, um uns mitzuteilen, wie Ihnen das Buch gefällt, welche Bücher Sie außerdem interessieren und was Sie sich vielleicht von uns wünschen würden. Wir freuen uns auch über Post oder eine Mail. Hat Sie etwas besonders angesprochen? Haben wir evtl. eine wichtige Information übersehen, die Sie sich im Zusammenhang mit diesem Buch gewünscht hätten? Oder haben Sie sonstige Anmerkungen? Wir sind neugierig auf Ihre Meinung! Mit Ihrer Rückmeldung helfen Sie uns, noch besser zu werden:

leserservice@haedecke-verlag.de

Falls Sie gerne regelmäßig und als Allererste über Neuerscheinungen oder Neuigkeiten aus unserem Haus informiert werden möchten, können Sie sich hier bei unserem Genussletter anmelden:
hvlink.de/genussletter

Viel Vergnügen mit diesem Genussbuch wünschen
Simone & Julia Graff